Flerken Chatoyance

# Die Liebe in den Zeiten des Wolfsmondes

Flerken Chatoyance

# Die Liebe in den Zeiten des Wolfsmondes
## Eine Böse-Nacht-Geschichte

Queere Phantastik-Novelle

Korrektorat: Th. Mosel
Coverdesign: Berno Hellmann (bernoh.de) unter
Verwendung eines Pixabay-Motives von ArtSpark
Druck und Distribution im Auftrag der Autorin:
tredition GmbH, Heinz-Beusen-Stieg 5, 22926 Ahrensburg,
Deutschland

ISBN 978-3-384-21101-9

Gewidmet jenen, die erfahren mussten, wie das Feuer des Stigmas in der Seele brennt.

Nothing can cure the soul -
But the senses.
Just as nothing can cure the senses -
But the soul.


Oscar Wilde
The picture of Dorian Gray

# Inhalt

# 1. Wolfsliebe

Die Werwölfin stand direkt vor mir. Nicht mehr als eine Handbreite trennte uns. Ich roch ihren wilden Atem, der sich mit der kalten Nachtluft mischte. Sah eine orangerote Höllenglut in ihren Pupillen lodern. Und doch blickte ich in die einst katzengrünen Augen der Frau, die ich Sekunden zuvor in den Armen gehalten hatte. Abertausende Härchen sprossen aus ihrer Haut. Unter dem dichten Fell war ihr menschliches Antlitz kaum mehr zu erkennen. Geifer bildete sich in den Winkeln ihrer Schnauze. Rann von den Lefzen, die ich so leidenschaftlich geküsst hatte. Mit einem Knurren entblößte sie ihre Reißzähne. Sie riss ihr Maul weit auf. Knurrte in der Sprache der Wolfsmenschen, die ich nur zu gut verstand. Sie wollte, dass ich augenblicklich verschwinde. Ihr einziger Wunsch war, dass ich fortgehe. So weit wie möglich. Sie flehte mich an, sie mit ihrem Schicksal allein zu lassen.

Ein Zittern erfasste ihren pelzigen Körper. Statt Höllenfeuer flammte nurmehr Hilflosigkeit in ihren wunderschönen Augen. In ihrem Fellgesicht war deutlich zu lesen, wie Mensch und Wolf miteinander rangen. Ihr innerer Konflikt brach sich in einem herzerweichenden Heulen Bahn. Sie warf ihren Kopf zurück. Reckte ihn in den Nachthimmel, von wo der Wolfsmond blutrot auf uns hinab schien. Dunkle Wolfstränen reflektierten das Mondlicht und perlten funkelnd wie Rubine über ihr nachtschwarzes Fell. Ich widerstand. Steif wie eine antike Säule stand ich da. Kurz davor, sie wieder in die Arme zu schließen.

Sie hob ihren von dichtem Pelz umhüllten Arm. Mit ihrer Pranke stieß sie mich von sich. Ich stolperte zwei Schritte rückwärts. Torkelte. Und stürzte auf den Waldboden. Weiche, dunkle Erde federte meinen Sturz ab. Mein langes Haar fiel mir ins Gesicht. Hastig schob ich mir die Strähnen aus dem Blickfeld. Stützte mich mit den Ellbogen einige Zentimeter ab. Hob meinen Kopf leicht an. Und schaute sie verliebt an.

Doch das fachte ihre Verzweiflung weiter an. Ihren Selbsthass. Wie konnte es auch anders sein? Wenn die Welt ihr mit Hass begegnete, wie sollte das spurlos an ihr vorüberziehen? In der Sprache der Wolfsmenschen schrie sie mir schlimme Dinge entgegen, die ich nicht zu wiederholen wage. Ihr behaarter

Körper näherte sich. Beugte sich über mich. Mit eisigen Wolfsaugen schaute sie auf mich herab. Ihre mit silbernen Stickmustern geschmückte, saphirblaue Bluse flatterte offen im Wind. Die Verwandlung hatte die Knöpfe abspringen lassen. Plopp. Plopp. Plopp. Ihre Augen loderten nicht mehr. Aus ihnen strömte die Kälte eines zu Eis erstarrten Sees. Alles Menschliche schien aus ihr entwichen zu sein. Ich wusste, es war nur tief verborgen. Ihre Schnauze war nur noch wenige Zentimeter von meiner Kehle entfernt. Sie schnaubte laut. Richtete sich wieder auf und trat zwei Schritte zurück. Ich missachtete die eindeutige Geste. Meine Naivität machte mich blind.

Mit größter Achtsamkeit erhob ich mich. Bemüht, keine hastigen Bewegungen zu machen. Als ich wieder stand, öffnete ich vorsichtig meine Arme. Machte einen winzigen Schritt auf sie zu. Versuchte, sie zu umarmen. Zu spät erkannte ich, welchen schrecklichen Fehler ich begangen hatte. Die Wölfin siegte. Mit einem Satz sprang sie vor. Ich hörte ein Pfeifen, als ihre Klauen wie wirbelnde Messer durch die Luft schnitten. Der Schmerz schoss mir direkt ins Gehirn. Ich drohte, das Bewusstsein zu verlieren, so gewaltsam fluteten Schmerzwogen meinen Körper. Ihre

Pranke zerriss mein goldfarbenes Gewand. Zog drei tiefe Furchen durch meine Brust und brachte das darunter wild pochende Herz zum Bluten.

Wenn ich blieb, würde ich sterben. Ich musste fliehen. Hilfe suchen. Schoß es mir durch den Kopf.

Sie stand noch immer vor mir. Knurrte mich weiter an. Ihre Raubtieraugen fixierten mich. Ich sah ihre aufgerissenen Lefzen. Den gelben Geifer, der langsam von ihnen herabtropfte. Ich wich zurück. Blut strömte aus meinem zerrissenen Herzen wie ein Gebirgsbach nach der Gletscherschmelze. Mit beiden Händen versuchte ich den Blutstrom zu stoppen. Mitleidlos starrte sie mich an. Mehr Wölfin denn je. Eine Blutspur nach mir ziehend, schleppte ich mich aus dem Wald. Ließ meine Jugendliebe im Dunkel zurück. Nur ein schauriges Geheul folgte mir.

Der Schmerz war nichts gegen den Verlust, der mich erschütterte. Mein verwundetes Herz ward schwer von Trauer. Unsere Liebe war verloren.

## 2. Kinderseelenwunden

Als ich die Geschichte beendet hatte, schrien die Kinder laut auf. Sie applaudierten erfreut. Kaum verstummte das Klatschen, sprangen sie von ihren Plätzen auf, um ungestüm umher zu rennen. Einige kieksten vor Aufregung. Andere machten Wolfsgrimassen, um sich gegenseitig zu necken. Nur ein älteres Mädchen, fast eine junge Frau, in einem viel zu kleinen und nicht mehr besonders weißen Kleid, blieb still sitzen. Mit besorgten Augen schaute es mich an. Es war mir von Beginn an aufgefallen. Während alle anderen gebannt von der unheimlichen Erzählung das Zappeln vergessen und wie festgeklebt da gesessen hatten, war das blonde Mädchen unruhig auf seinem Platz hin und her gerutscht.

»Rudrik, Rudrik! Kannst du uns die Wunde zeigen?«, rief ein etwa dreizehnjähriger Junge mit wilder Sommersprossenpracht im Gesicht.

Er war der Mutigste. Hatte vorne in der ersten Reihe gesessen. Aufgeregt zupfte er an meinem Gewand.

»Rudrik! Bitte!«

Es schmeichelte mir, wenn mich die Kinder Rudrik nannten, was in ihrer Sprache 'eine Art Lehrperson' bedeutete. Sie benutzten es nur gegenüber Respektspersonen oder Kundigen. Dabei erzählte ich nur Geschichten. Und nicht einmal gut. Ich war blutjung. Und ebenso unerfahren. So tapsig ich mich zu jener Zeit der Liebe näherte, so stolperte ich auch durch die Struktur meiner Geschichten. Es sollten zwei weitere Jahre ins Land gehen, bis ich von ein und derselben Person in die Kunst der Liebe und des Geschichtenerzählens eingeweiht werden sollte. In das gelungene Verschachteln einer Geschichte. 'Eine Geschichte einschachteln' nannte meine geduldige Lehrmeisterin dieses Geschick. Sie sprach häufig auf mehreren Ebenen gleichzeitig mit mir. Als ich einmal nackt vor ihr lag, musterte sie meinen uneindeutigen Körper wie ein faszinierendes Gemälde. Ihr Blick ruhte voller Mitgefühl auf meiner schrecklichen Wunde, als sie mir erklärte: »Du musst nutzen, was dir das Schicksal gegeben hat. In der Liebe und im Geschichtenerzählen, Kleines!«

Doch in diesem Sommer war ich weit davon entfernt, eine Geschichte einzuschachteln. Die Kinder liebten meine Erzählungen trotzdem. Nur die Erwachsenen scheuchten mich jedes Mal aus dem Dorf, wenn ich mich niederlassen wollte. Für sie war ich 'Gesindel', so wie das fahrende Volk, nur dass ich alleine unterwegs war. Und schlimmer! Ihnen missfiel der Inhalt meiner Geschichten, der ihren hasserfüllten Predigten zuwiderlief.

Mein Blick kreiste über der Kinderschar, die sich jetzt wieder vor mir auf der Wiese versammelte. Gebannt hielten sich einige die Hände vor ihre kleinen Münder. Sollte ich es wagen? Am Horizont erhob sich düster ein kohlrabenschwarzes Gebirge. Die perfekte Kulisse für eine Schauergeschichte wie diese. Aus der Ferne erklang der Ruf eines zu früh erwachten Waldkäuzchens als eindringliches Warnsignal.

Mit meiner linken Hand, die mit den vier silbernen Ringen, öffnete ich behutsam die ersten beiden Knöpfe meines bordeauxfarbenen Gewandes. Mit einer geschickten Handbewegung zog ich es wenige Zentimeter über meine Schulter und entblößte den oberen Teil meiner Brust. Drei schlangenförmige Furchen tanzten darauf wie Feuerlilien im Wind. Sie gaben den Blick frei auf mein pochendes Herz. Mein Wundherz. Die Kinder erschraken. Gebannt starrten

sie auf die schreckliche Wunde. Konnten den Anblick nicht ertragen, aber auch nicht wegschauen.
Nur das Mädchen mit dem zerzausten Engelshaar
blieb ruhig. Trotzig richtete es sich auf.

Mit vorwurfsvoller Stimme, fast wie eine Er-
wachsene, fragte es: »Warum erzählst du uns eine so
schaurige Geschichte, Rudrik?«

Ich knöpfte mich wieder zu. Verbarg die Wunde.
Langsam schritt ich auf die Rebellische zu. Der Saum
ihres Kleides wies unterschiedliche Schmutzränder
auf. Wie die Jahrringe auf einem Baumstumpf. Zahl-
reiche dreieckige Winkellöcher, wie sie beim Über-
winden spitzer Zaunpfähle oder beim Klettern in
den Wipfeln hoher Bäume entstehen, ließen ein viel-
sagendes Muster im unteren Teil des Kleides entstehen.

Ich bückte mich zu ihr herunter und mit sanfter
Stimme fragte ich sie: »Wie heißt du, mein Engel?«

Ihre Augen weiteten sich.

„Ich bin kein Engel!", schnaubte sie wütend.

Dabei stampfte sie fest mit ihrem linken Fuß auf
den Boden. Ich stand vor ihr. Konnte fühlen, wie sie
sich wünschte, dass ich ihr liebevoll über den Kopf
streichen und leise flüstern möge 'Alles wird gut!'.

Aber mir war bewusst, wenn ich es getan hätte, sie hätte mir in die Hand gebissen.

»Jurema! Ich heiße Jurema, Rudrik!«, sagte sie plötzlich mit entwaffnender Sanftheit.

Ihre Augen, tief wie der Grund des Meeres, blickten mich direkt an.

Jetzt war ich mir sicher. Heiße Tränen schossen mir in die Augen. Verlegen schaute ich in eine andere Richtung. Ich hatte es schon geahnt, als ich am Tage zuvor sah, an welcher Stelle ihr Vater sie beim Dorffest berührte. Ich hatte gehofft, dass ich mich irrte. Aber in ihren Tiefseeaugen konnte ich lesen: Sie würde auch eine werden. Sie war nicht erwachsen. Sie konnte sich nicht wehren. Er würde ihr weiter Gewalt antun. Es blieb ihr nichts anderes übrig, um sich zu schützen.

Wenn ich doch mit den Dorfältesten reden könnte. Wenn sie mir bloß zuhören würden. Aber die Erwachsenen waren das Problem. Mir blieb nur die Hoffnung, wenigstens die Kinder und Jugendlichen zu erreichen. Als ich die Tränen mit einer fahrigen Bewegung meines Handrückens weggewischt hatte, schaute ich sie wieder an.

»Weißt du, Jurema, ich möchte, dass ihr aufhört, Angst vor den Werwölfinnen und Werwölfen zu haben. Sie sind nicht böse. Manche sind wundervolle Geschöpfe. Doch sie haben ein grausames Schicksal. Sie verdienen unser Mitgefühl. Unseren Respekt. Nicht unseren Hass.«

Juremas quirliger Kinderkörper versteifte. Starr stand sie da. Offenbar hatte sie intuitiv begriffen, was ich versuchte, ihr mitzuteilen, aber nicht ausgesprochen hatte. Sie machte ein Gesicht. Dann zuckte sie, als wolle sie die schwere Last wie welkes Herbstlaub von ihren schwachen Schultern schütteln. Ohne ein weiteres Wort rannte sie davon. Bis sie nur noch ein schmutzigweisser Fleck am Horizont war.

Die kleine Baumgruppe lag versteckt im Winkel eines hufeisenförmigen Sees. Sie bestand aus einem Dutzend hochgewachsener Buchen. Vom Wipfel der höchsten konnte ich bis ins Dorf schauen. Und behielt alle Fluchtwege im Blick. Meine Hängematte ruhte still zwischen den beiden mächtigsten Bäumen. Von Zeit zu Zeit blickte ich nervös zu ihr hinüber.

Unsicher, ob es schlau war, so nahe beim Dorf zu nächtigen. Das Mondlicht spiegelte sich im See. Glitzerte auf meiner vollständig durchnässten Kleidung. Wild schlug ich weiter mit meinem Wanderstock auf das Wasser ein. Meine Gedanken rasten im Kreis. Ich verfluchte mich. Stellte mir vor, dass ich mit meiner Familie nicht gebrochen hätte. Der Macht des Blutes nicht entsagt hätte. Sah mich auf meinem Lieblingspferd in das Dorf reiten. Ohne abzusteigen, die Eltern auf dem Dorfplatz an den Pranger stellen lassen. Jurema vor einem grausamen Schicksal bewahrend. Doch es gab keinen Weg zurück. Nicht zu meiner Familie. Nicht zu ihrer Macht. So saß ich am Ufer, ließ meine Ohnmacht an dem See aus. Malte mir aus, wie ich eines Tages auch ihr in den Wäldern als Wolfsfrau begegnete.

Plötzlich spürte ich etwas neben mir. Eine Gestalt, die sich lautlos angeschlichen hatte. Mir sanft in den Nacken hauchte. Ich zuckte zusammen.

»Ich bin's nur, Rudrik-Herz!«, wisperte eine Stimme mit einer Vertrautheit, die keine Grenzen mehr kannte.

Jurema kam hinter mir hervor und setzte sich neben mich. Sie reichte mir eine Rispe Weintrauben.

»Habe ich geklaut! Für dich, Rudrik!«

Ihr triumphierendes Grinsen erinnerte an einen Haufen Wegelagerer, dem es gelang, die Kutsche des Kaisers zu stoppen. Als sie mein feuchtes Gewand sah, nahm sie mir den Stock aus der Hand. Zehnmal impulsiver als ich selbst zuvor drosch sie auf das Wasser ein. Als wollte sie den See zu Tode prügeln. Ihn für die Verbrechen anderer büßen lassen. Ihr junges Gesicht war von Wut entstellt. Nach einer Weile hörte sie erschöpft auf. Synchron schüttelten wir unsere nassen Haare. Die Tropfen stoben durch die Luft wie ein Gewitterregen. Die Glückseligkeit, die kurzzeitig in Juremas Gesicht aufblitzte, wurde sofort von der Grimasse ihres lauten Lachens geschluckt. Ich gab mir Mühe, mich zu beherrschen, scheiterte und prustete ungestüm los. Es dauerte eine Weile, bis unser beider Lachen verebbte. Schweigend aßen wir das Diebesgut. Genossen den süßen Geschmack und die Stille. Schauten bedächtig auf den See, dessen aufgepeitschtes Wasser sich langsam beruhigte. Nach einer Weile brach Jurema unser komplizenhaftes Schweigen.

»Warum hast du uns wirklich diese Werwölfinnen-Geschichte erzählt, Rudrik-Herz?«

Sie war überaus aufgeweckt. Stellte die richtigen Fragen. Und sie sprach von Werwölfinnen.

»Jurema, wenn du eines nicht so fernen Tages erwachsen bist, dann wirst du dich an vieles, was gerade geschieht, nicht mehr erinnern. Du wirst es vergessen. Und das ist gut so. Aber ich möchte, dass du dich immer an die Geschichte von heute Morgen erinnerst. Irgendwann wirst du sie verstehen. Und du wirst erkennen, warum ich sie ausgerechnet in diesem Dorf erzählt habe.«

»Hmm.«, murmelte sie.

Sie schaute mich intensiv an. Beobachtete jede einzelne Regung meines Gesichtes. Dabei dachte sie angestrengt nach.

»Weißt du, was der größte Kummer der Wolfsmenschen ist, Jurema?«

Sie schüttelte den Kopf so heftig, dass ihre Lockenpracht durcheinandergewirbelt wurde.

»Wolfsmenschen sind manchmal sanfte und liebevolle Menschen. Sie sind oft mehr Mensch als die meisten anderen Menschen. Und sie sind immer viel intensiver Mensch als die anderen Menschen. Aber Wolfsmenschen sind auch starke und Furcht einflößende Wölfe. Sie sind oft mehr Wolf als die meisten anderen Wölfe. Und sie sind immer viel intensiver Wolf als die anderen Wölfe. Doch der Mensch in ihnen hasst den Wolf und der Wolf in ihnen hasst den Menschen. Sie befinden sich im ständigen Kampf. Immerzu. Dabei brauchen sie einander. Denn der eine kann ohne den anderen nicht überleben.«

»Warum liebst du Werwölfinnen so sehr, Rudrik?«

Sie sprach weiter in der weiblichen Form.

»Jurema, ich -«

Ich stockte. Suchte nach den richtigen Worten.

»Willst du zu ihnen gehören, Rudrik?«

Entsetzen schlich sich in ihre Mine. Ich schüttelte den Kopf. Sie rückte ein Stück näher an mich heran. Ihre Hand zog mein halb geöffnetes Gewand zur Seite. Versuchte, die unheimliche Wunde zu berühren. Doch ich schob sie vehement zurück. Mein offenes Herz schlug ohne Maß. Pochte wegen der verborgenen Wunde tief in meinem Herzen. Jener, die nicht von Wölfen stammte. Sondern von Menschen.

»Ich bin nicht wie sie, Jurema. Aber ich weiß nur zu gut, wie es sich anfühlt, ausgegrenzt zu werden, weil eine anders ist. Gehasst und gefürchtet zu werden. Ich möchte ihnen helfen. Ich liebe den Menschen in ihnen und bin fähig, den Wolf zu ertragen.«

Sie schauderte.

»Aber Rudrik-Herz, dann befeuerst du ja ihren Konflikt. Dann hassen sie sich noch mehr für das, was sie dir antun. Du machst alles schlimmer!«

Selten wurde mir die Wahrheit so unverblümt um die Ohren gehauen. Ich schluchzte unwillkürlich. Wie ein Kätzchen, das zu trösten versucht, schmiegte sie sich an mich. Ihre Sanftheit beruhigte mich und ich schlief ein.

Als ich in der Nacht erwachte, war sie fort.

Ihre Worte jedoch hallten wie Donnerschläge in meinem Geist. Mein wundes Herz pochte wild. War meine Zeit bei den Wolfsmenschen ein Fehler gewesen? Schadete ich ihnen? War es Selbstsucht, die mich wieder und wieder in ihre Arme trieb? Weil Wolfsmenschen nur den Menschen in mir sahen. Weil es ihnen einerlei war, ob ich Mann, Frau oder ein anderes Geschlecht war.

Ich packte meine Sachen zusammen. Verließ noch in der Nacht den Ort. Zehn Jahre sind seit dieser Nacht vergangen. Zehn Jahre, in denen ich mich von den Wolfsmenschen fernhielt …

# 3. Verwandlungen

Mein Gegenüber schob mir den Metkrug, den wir uns teilten, hin. Vom Erzählen der Geschichte waren meine Lippen ausgetrocknet. Meine Stimme brüchig geworden. Ich nahm einen kräftigen Schluck.

»Du hast Mitgefühl für andere, aber bist hart gegen dich selbst …«

Ihre durchdringend blauen Augen glühten mild. Wenn ihr ungebändigtes, feuerrotes Haar nicht wäre, sie hätte …

»… Rudrik-Herz!«

Sie lachte laut. Packte den Holzkrug und leerte ihn in einem Zug. Der Honigwein glänzte verführerisch auf ihren Lippen, bevor sie ihn mit einer derben Geste wegwischte.

»Wa-wa-was?«, brach es aus mir heraus.

»Jurema ist nicht verloren, Rudrik! Als du am darauffolgenden Tag verschwunden warst, wurde sie so wütend, dass sie die Vorratskammer, in die sie immer eingesperrt wurde, verwüstete. Sie stellte sich vor, dich so zu verprügeln wie den See in der Nacht zuvor.«

In ihren Augen blitzte es bei diesen Worten. Ihr Grinsen nahm einen diabolischen Zug an. Doch nur für einen winzigen Moment.

»Nachdem ihre Blutungen einsetzten, verwandelte sie sich zum ersten Mal. Sie war geschockt. Unsicher. Verwirrt. Ihre Wut auf dich wuchs ins Unermessliche. Du hattest es gewusst. Du hattest es nicht verhindert. Mich allein gelassen. Ich wollte dich fressen. Mit Haut und Haar verschlingen. Wie die Häsin im Wald, die mein erstes Opfer wurde.«

Jetzt erkannte ich es. Das war kein diabolisches Grinsen. Mehr ein Wölfisches. Sie schaute mich grimmig an. Ihre Augen fixierten mich wie eine leicht zu erlegende Beute. Sekunden später entspannte sich ihr Gesicht wieder und das fröhliche, ansteckende Lachen, mit dem sie mich an ihren Tisch gelockt hatte, kehrte zurück. Sollte diese trinkfeste Vagabundin, mit der ich den ganzen Abend Abenteuergeschichten unter Reisenden austauschte, die junge Jurema von einst sein?

»Ich floh in die Wälder. Nahm deine Fährte auf. Wieder und wieder stellte ich mir vor, wie es sein würde, dich zu fressen.«

Ich spürte, wie mein Mund trocken wurde. Sie hatte mir eine Falle gestellt.

»Ich, ich …«, versuchte ich eine Entschuldigung hervorzubringen.

Doch meine Stimme versagte.

»Es war nicht einfach. Allein in den Wäldern. Immer wieder verlor ich deine Fährte.«

Sie war mir zehn Jahre lang gefolgt. Ihre Wut musste unendlich sein. Jetzt verstand ich auch, warum sie es ablehnte, als ich sie zu einer Fleischbrühe einladen wollte. Sie bestellte stattdessen eine Kürbissuppe und einen Riesenteller gekochter Rüben. Grummelte, dass sie noch genug Fleisch bekommen würde, während sie das Essen hinunterschlang und mich meine Geschichte erzählen ließ. Sollte ich der Hauptgang sein?

»Das erste Jahr war das härteste. Ich war besessen von dir und deinen Worten.«

Sie hielt abrupt inne, wandte sich zur Theke und bestellte einen weiteren Krug Met.

»Du hattest mir erklärt, dass nicht ich die Böse bin. Aber ich wollte böse sein. Da war so viel Wut in mir. Ich tobte mich aus in den Wäldern und nicht nur dort.«

Sie schaute mich überlegen an. Und doch war da noch etwas anderes in ihrem Blick. Etwas, was ich schon den gesamten Abend über verspürte. Diese unheimliche Vertrautheit, als würden wir uns schon seit Ewigkeiten kennen. Untrennbar sein. Kein Zweifel, vor mir sass jene Jurema, die mir einst stibitzte Trauben schenkte.

»Aber dein Haar …«, war das Einzige, was ich hervorbrachte.

Ich schalt mich augenblicklich dafür, in einem solchen Moment etwas so Dummes zu sagen.

»Ein Pflanzenfarbstoff aus Urgien. Ich kam viel herum. Aber als blonde Frau alleine unterwegs …«

Sie machte eine Kunstpause, schaute mir dabei tief in die Augen.

»Das ist nicht ungefährlich. Für die anderen. Ich morde nicht gern.«

Mitgefühl fegte meine Angst hinfort. Ich konnte nur ahnen, welch' schlimme Dinge sie erlebt haben musste.

»Anfangs vernebelte meine Wut mir die Sicht. Doch mit jeder Jagd wurde die Wut schwächer. Stattdessen wuchs die Sehnsucht in mir. Ich begriff, dass du die einzige Person bist, die meinesgleichen versteht. Deine Worte trösteten mich in der Einsamkeit. Und ich erkannte, dass sie der Schlüssel waren …«

Ich war so gebannt von ihrer Geschichte, dass ich nicht bemerkte, wie die Wirtin einen neuen Krug hinstellte. Ohne mich aus den Augen zu lassen, nahm Jurema den Krug und führte ihn an ihre Lippen.

»Ich erkannte, dass ich mehr und mehr verwilderte, wenn ich der Wölfin nicht Einhalt gebot.«

»Willst du mich noch fressen?«

Jurema lachte laut auf. Statt zu antworten, schob sie mir den Krug Honigwein hin und strich dabei zärtlich über meinen Handrücken. Ich ließ sie gewähren. Genoss die Berührung. Erfreut über den sanften Blick, den sie mir schenkte. War ich in Sicherheit?

Einige Männer in der Taverne wurden unserer gewahr. Sie warfen uns ablehnende Blicke zu.

»Ich schloss einen Pakt mit ihr. Gab ihr einen Namen: Lupina!«

Sie sprach auch noch Latein, wunderte ich mich. Während unseres Reisegeschichtenaustausches wurde mir bewusst, wie viele Fremdsprachen sie beherrschte. In Wort und Schrift. Ihr scharfer Verstand war mir schon bei unserer ersten Begegnung aufgefallen. War aus dem Bauernkind eine Gelehrte geworden? Sie blickte in Richtung eines Tisches, an dem drei halbtrunkene Männer grölten. Sie glotzten uns schon eine Weile schamlos an.

»Einen Pakt?«

»Du hast dich geirrt, Rudrik! Mensch und Wolf müssen nicht im Kampf verbunden sein. Sie können einander unterstützen. Ich habe Lupina akzeptiert. Mich mit ihr versöhnt!«

»Aber wie?«

»Deine Geschichte hat mir geholfen. Es dauerte eine Zeit, bis ich sie zur Gänze durchdrang. Die Wut, du weißt …«

Sie schaute mich komplizinnenhaft an. So wie damals, als wir beide den See totschlugen.

»Als sich Lupina eines Tages ausgetobt hatte, drang ich zu ihr durch. Mir war bewusst, welche Möglichkeiten sie mir bot. Ich konnte ferne Länder bereisen. Konnte mir nehmen, was ich brauchte. Sie bot mir Schutz. Du solltest die Gesichter von Geistlichen sehen, wenn sie in ihrer Bibliothek in der Abteilung für verbotene Bücher einen Wolf entdecken!«

Wieder durchzog ein wölfisches Grinsen ihr Gesicht. Ich zuckte zusammen.

»Ungefähr so!«, lachte sie laut.

Sie fasste sich augenblicklich. Ihr Gesicht wurde ernst.

»Ich zahle einen hohen Preis. Ich bin glücklich, wenn sie 'schläft'. Deshalb meide ich Orte und Menschen, die sie wecken.«

»Und warum suchst du dann mich, Jurema? Warst du es nicht, die mich gelehrt hat, was ich nicht sehen wollte?«

Für einen winzigen Moment lang erlosch die Glut in ihren Augen. Ihr Blick wurde kühl. Ich sah, wie ihr rechter Mundwinkel nervös nach oben zuckte. Dann entspannte sich ihr Körper. Sie blickte mich sanft an wie zuvor. Lupina schlief wieder.

»Ich bin dir etwas schuldig, Rudrik-Herz!«

Sie schaute mich verträumt an. In ihrem Blick lag Verlangen. Das der Frau oder der Wölfin?

»Deine Geschichte hat mich gerettet. Deswegen werde ich auf dich achtgeben. Dich beschützen.«

Ich senkte meinen Blick. Vertieft in die Maserung des Holztisches. Meine Hände zitterten. Unsicher griff ich nach dem Krug. Hielt ihn mit beiden Händen, damit sie es nicht sah.

Kalter Schweiß strömte über meine Stirn. In diesem Moment trat eine Schimäre von Mann an unseren Tisch. Er hatte die Hände eines Schmiedes, den Bauch eines Koches und den kahlen Schädel eines Henkers. Vermutlich war er nichts von alledem. Seine beiden Kumpane am gegenüberliegenden Tisch heizten ihn an. Sie grölten derbe Scherze über Jurema. Als der Angetrunkene vor unserem Tisch zum Stehen kam, packte er meine Schulter und rüttelte daran.

Mit feuchter Stimme blaffte er mich an: »Was will denn eine Trine wie du mit einem solchen Prachtweib?«

Juremas Körper versteifte. Ihre Blicke glitten zwischen dem Unhold und mir hin und her. Schmerzvolle Erfahrung hatte mich gelehrt, in solchen Momenten ruhig zu bleiben. Ich erwiderte seinen Blick. Hielt ihm stand. Als würden wir uns mit den Augen duellieren. Verwirrt, dass ich ihn weder angriff, noch eingeschüchtert war, ließ er meine Schulter los. Im Hintergrund befeuerten ihn seine Trinkgefährten mit lauten Rufen. Aus den Augenwinkeln sah ich die kalte Glut in Juremas Augen leuchten. Der Mann nutzte den kurzen Moment, in dem meine Augen ihn freigaben, um sich nach Jurema umzudrehen. Mit seiner fleischigen Zunge leckte er sich über die Lippen.

»Du brauchst einen Mann, Kleine! Wollen doch mal sehen, was sich unter diesem Sack verbirgt!«

Mit diesen Worten griff er nach ihrer schwarzen Baumwollbluse. Sie war ihr viel zu groß. Ließ nicht einmal erahnen, was sich darunter verbarg. Jurema war weit umsichtiger als meine eingangs erwähnte Jugendliebe, die sich jeden Vollmond die kostbarsten Kleider ruinierte. Doch bevor die Pranke des Wüstlings ihre Brüste berühren konnte, hatte sie schon ihre Hand um seinen Hals geschlossen. Sie war nicht einmal aufgestanden. Ruhig blieb sie sitzen und zog seinen Oberkörper hinab. Als hätte sie diese Bewegung tausendmal geübt. Mit einem dumpfen Knall schlug sein Kopf auf dem Holztisch auf. Der Krug kippte um. Der Honigwein floss heraus. Bildete eine Lache. In der Taverne wurde es totenstill. Die Gespräche verstummten. Alle Blicke waren auf uns gerichtet. Die Wirtin verstaute eilends das Tablett mit den Krügen und Bechern hinter der wuchtigen Eichentheke, die wie ein Bollwerk die Küche vor dem Gastraum schützte. Der Mann röchelte. Mit beiden Händen versuchte er Juremas zierliche Hand abzustreifen. Vergebens. Entsetzt sah ich, wie ihr blonde Härchen auf den Armen und Händen wuchsen. Auch ihre Gesichtszüge zeigten jene grausame Entschlossenheit, die dem Überlebenskampf in der Wildnis geschuldet war. Jenes Fressen-oder-gefressen-Werden.

»Jurema, nicht! Du tötest ihn!«

Er rang verzweifelt nach Luft. Juremas geschmeidige Hand umschlang seinen dicken Hals wie ein Schraubstock. Drückte so geschickt auf seine Luftröhre, dass seine winzigen Schweinsäuglein hervortraten. Sein Gesicht lief puterrot an. Sachte ließ ich meine Hand auf die ihre gleiten. Bemüht, ihre Finger zu lockern.

»Bitte!«

Sie schaute mich verwirrt an. In ihren Augen flackerte das eisige Leuchten der Wölfin. Mehr und mehr Härchen sprossen in ihrem Gesicht. Sie ließ mich ihren Griff lockern. Schließlich zog sie die Hand zurück. Wie ein Fisch auf dem Trockenen nach Luft japsend, sank der Dicke zu Boden. An seinem Hals zeigten sich rote Würgemale, die ein unheimliches Muster zeichneten: Die Tatze eines Raubtieres.

Ich hielt Juremas Hand fest umschlossen. Ihr Gesicht sprach Bände der Verwirrung. Nicht mehr Abscheu und kalte Wut loderten in ihren Augen, sondern Verzweiflung. Mensch und Wolf rangen miteinander. Es war ihr unmöglich, Lupina begreiflich zu machen, dass keine Gefahr drohte. Das Gegenteil war der Fall. Ich warf einen silbernen Taler auf den Tisch. Mit den Augen bedeutete ich Jurema, aufzustehen. Es gab nurmehr eine Alternative zu einem Massaker: Flucht. Als wir die Tür erreichten, lösten sich die Männer aus ihrer Starre. Zwei von ihnen kümmerten sich um den am Boden Liegenden, der noch immer nach Atem rang. Das restliche Dutzend stürmte uns nach.

Wie gehetztes Wild rannten wir durch die Nacht. Jurema zog mich wie eine Puppe hinter sich her. Sie schnaufte nicht. Sie schwitzte nicht. Sie raste wie ein wildes Tier voran. Nach einigen Meilen, als wir sicher sein konnten, unsere Verfolger abgeschüttelt zu haben, schlug sie den Weg zum Fluss ein. Vor Erschöpfung keuchend folgte ich ihr. Am Ufer ließ sie mich los. Ich sank kraftlos zu Boden.

Breitbeinig stand sie über mir. Triumphierend wie eine Rachegöttin. Sie reckte ihren Kopf nach vorne. Ihre feuerrote Mähne glänzte im Mondlicht. Sie beugte sich zu mir hinab. Ergriff mit ihren Händen meinen Schopf und hob mich in die Höhe, als wäre ich leicht wie ein Hündchen. Die silberne Mondsichel tauchte uns in Feenlicht. Da erst begriff ich: Es war Neumond, nicht Vollmond.

»Jurema! Es ist Neumond! Kannst du dich auch bei …«

Statt einer Antwort erhielt ich ein wildes Knurren. Als sie mein Zittern spürte, lachte sie grollend. Wir waren allein im Wald. Hier war ich ihr hilflos ausgeliefert. Sie ließ mich zu Boden fallen. Ich knickte ein. Fiel auf meine Knie. Sie lief um mich herum. Wie ein Raubtier, welches seine Beute umkreist. Abrupt blieb sie vor mir stehen. Gab mir einen heftigen Stoß, dass ich auf den Rücken stürzte. Im Nu war sie über mir. Ich wollte schreien. Doch mit einer tapsigen Bewegung legte sie mir ihre Hand auf den Mund. Sie roch nach Wildnis. Die Härchen, die noch immer aus ihr hervorsprossen, kitzelten meine Nase. Sie drückte das Gewicht ihres Leibes gegen mich. Schaute mir tief in die Augen und nahm die Hand von meinem Mund. Im gleichen Moment nahm sie meinen Kopf ehrfürchtig wie einen Gralskelch in beide Hände und presste ihre Lippen auf die meinen.

Ich war vollkommen überrascht.

Sie küsste sanft, nicht stürmisch. In ihrer Sanftheit lag eine verborgene Gier, als hätte sie lange nicht geküsst. Ihr Kuss wurde zu einem haarfeinen Riss in einem mächtigen Staudamm der Sinnlichkeit. Der ihn brechen ließ, bis aus ihm ein Strom der Zärtlichkeiten flutete. Ich war betört wie vom Gesang einer Schar Meerjungfrauen. Der Kuss entführte mich in ein fernes Reich, in dem Gedanken zu Gefühlen, Berührungen zu Farben und Gerüche zu Gesängen wurden und alles in einer gigantischen, lichtdurchfluteten Explosion miteinander verschmolz.

Als ich aus dem Zauberreich des Kusses zurückkehrte und ihre Augen sah, in denen nicht mehr die kalte Glut der Wölfin, sondern das leidenschaftliche Verlangen der Frau loderte, dachte ich: ‹… und sie sind intensiver Mensch als alle anderen Menschen.›

Diese Nacht, unsere erste Liebesnacht, blieb mir für immer im Gedächtnis. Ich erinnere mich an jede Einzelheit. So, als wäre es gestern gewesen. Die Schritte ihrer Verführung steigerten sich fließend. Wie ein Crescendo. Jeder ihrer Berührungen wohnte ein Zauber inne, der sie zu etwas Unvergesslichem machte. Wie ihre langen Finger erst unverdächtig mit dem goldenen Doppelaxt-Anhänger spielten, den ich an einem Lederband um den Hals trug. Bevor sie sich wie Diebe in meinen Nacken stahlen, um auf zwei erogenen Zonen zugleich zu tanzen. Wie ihr entschiedener Griff meinen zarten Körper herumwirbelte und im nassen Gras wälzte. Wie sie sich auf mir aufbäumte. Ihre Mähne meine Brust kitzeln ließ. Das Tosen des Flusses. Unsere Schreie. Die grenzenlose Lust. Wie sich alles zu einem prachtvollen Mosaik zusammenfügte.

Wenn Jurema im Liebesspiel die Narbe auf meiner Brust liebkoste, spürte ich den Schmerz abebben, den ich seit der Kindheit im Herzen trug. Doch sie heilte mich nicht. Wie eine Kugel Opium betäubte sie nur den Schmerz.

Erschöpft ließ ich mich in ihre starken Oberarme fallen.

»Ich dachte wirklich, du frisst mich!«, stöhnte ich hervor.

Ihre Arme umschlangen mich fester. Der blonde Flaum auf ihrem Handrücken war längst verschwunden. Doch ich spürte die unbändige Kraft, die in ihrem Körper wohnte. Sie hielt mich wie in einem Schraubstock gefangen. Alles, was ich fühlte, war Geborgenheit.

»Ich habe viele Jahre auf diesen Augenblick hingefiebert, Rudrik-Herz!«, hauchte sie mir ins Ohr.

Mir war sofort bewusst, dass sie genau diesen Augenblick meinte. Den Moment größter Vertrautheit. Sie küsste meinen Hals und sprach mit sanfter Stimme.

»Du darfst mich nie wieder verletzen. Lupina muss sich erst an dich gewöhnen. Ich will dich nicht fressen!«

Bei den letzten Worten biss sie mir sanft ins Ohr.

»Wie fühlt sich das an? Eine Wölfin in sich zu haben?«

Ich hatte die Frage in der Vergangenheit so oft gestellt. Doch jedes Mal eine andere Antwort erhalten.

»Hast du schon einmal Fliegenpilzsaft getrunken, Rudrik?«

»Nein. Du?«

»Einmal. Bei den Nordmännern. Das ist ihnen nicht bekommen. Er macht dich rasend. Nachdem sie ihn mir eingeflößt hatten, brach Lupina in einer Heftigkeit hervor wie nie zuvor. Im Rausch zerfetzte sie ihre Leiber bis zur Unkenntlichkeit.«

Sie schüttelte sich, als wolle sie die unangenehme Erinnerung abwerfen. Ihr Körper wurde steif.

»Lupina fühlt sich an wie eine geringe Dosis Fliegenpilzsaft. Ihre Anwesenheit ist wie ein sanfter Rausch. Es kostet Kraft, sich ihm nicht ständig hinzugeben. Die Kontrolle zu wahren.«

Ich dachte an unser Liebesspiel. An ihre Leidenschaft. War das die Wildheit der Wölfin? Der sanfte Rausch?

Ich nahm ihre linke Hand in beide Hände. Strich voller Mitgefühl über ihren Handrücken. Ihr Körper entspannte sich.

»Sie kostet Kraft, doch ich kann mich auf ihre Instinkte blind verlassen. Außer, wenn es um Nähe geht. Sie empfindet Nähe als Bedrohung, Rudrik!«

Ich nickte. Was sie beschrieb, kannte ich zu gut. Hatte ich zu oft erfahren. Doch keine Wolfsfrau konnte so klar darüber sprechen.

»Und jetzt?«

»Sie grummelt. Durfte sich in der Taverne nicht austoben. Und jetzt auch noch das …«, hauchte sie, während sie mir sanft die Stirn küsste.

Sie wich der eigentlichen Frage aus, doch ihre Antwort machte mich schaudern. Ich zuckte unwillkürlich zusammen.

In beruhigendem Tonfall erklärte sie: »Ich habe sie unter Kontrolle. Keine Angst, mein Herz!«

»Immer?«

»Meistens!«, lachte sie laut.

»Sie bricht einfach so hervor? Du brauchst keinen Vollmond, um dich zu verwandeln?«

»Nein. Aber da lasse ich ihr ihren Lauf. Vollmonds ist sie am wildesten. Dann will sie raus. Mit den Wölfen heulen. Auf die Jagd gehen … Es gehört zu unserem Pakt, dass ich sie bei Vollmond nicht kontrolliere.«

Ich drehte mich zu ihr und sah, wie sie mich anzwinkerte. Ein wölfisches Grinsen, breit wie der Horizont, zog sich durch ihr Gesicht. Sprach ich gerade mit Lupina?

Als hätte sie meine Gedanken gelesen, offenbarte sie mir: »Lupina kennt dich noch nicht. Sie muss sich langsam an deinen Geruch gewöhnen. Immer ein bisschen mehr. Mit Abstand zwischen unseren Begegnungen. Alles andere ist zu gefährlich, Rudrik!«

Sie löste sich von mir. Richtete sich auf. Mein Blick wanderte über ihren muskulösen Körper, den das helle Licht des Mondes sanft wie ein edles Gewand umhüllte. Dutzende Narben schmückten ihn wie kleine Kunstwerke, die grausame Geschichten zu erzählen wissen. Narben, wie sie von Krallen, Beilen oder Schwertern verursacht werden. Ihre Heilkräfte schienen enorm. In der Taverne hatte sie mir die dramatischsten Abenteuergeschichten ihres Reiselebens erzählt. Nicht aber, welche Wunden diese hinterliessen. Welche Gefühle sie in ihr auslösten. Was ging in ihr vor seit ihrer Flucht aus dem gewalttätigen Elternhaus? Wie fühlte es sich an, nirgends einen sicheren Hafen zu haben?

Mechanisch, wie eine Schlafwandlerin, zog sie ihre erdfarbene Leinenhose über. Den Blick in die Ferne gerichtet schlang sie den Hanfstrick, den sie als Gürtel benutzte, um ihre Hüften und verknotete ihn. Sie wagte nicht, mich anzusehen, während sie sich ihre schwarze Sackbluse überstreifte. Als ihr roter Lockenschopf wieder auftauchte, beugte sie sich zu mir

herab. Geistesabwesend gab sie mir einen Abschieds-
kuss. Ohne jeden Funken Leidenschaft. Sie entfernte
sich einige Schritte.

Nachdem genügend Abstand zwischen uns war, rief
sie mir zu: »Du musst das verstehen, Rudrik! Ich
muss gehen. Ich kann nicht bleiben. Nicht jetzt.
Warte nicht auf mich. Ziehe weiter! Ich werde dich
finden. Bald schon.«

Mit einem großen Satz verschwand sie in der Dun-
kelheit. Ich verstand. Es war zu gefährlich. Sie kam
mir zu nahe. Sie zeigte Verletzlichkeit. Für die Wölfin unerträglich.

»Wir werden dich hier nicht dulden, du Monster! Du
verdirbst unsere Kinder!"

Der groß gewachsene Jüngling hielt seine Mistgabel
in Höhe meiner Hüften. Nervös fuchtelte er damit
herum. Ich stand mit dem Rücken an einer Scheu-
nenwand. Blickte direkt in sein feminines Gesicht.
Sanfter Bartflaum breitete sich in ihm aus wie safti-
ges Frühlingsmoos. In seinen schönen Mandelaugen
blitzte jene Unsicherheit auf, die mir nur zu vertraut

war. Hinter ihm lärmte es. Das halbe Dorf hatte sich eingefunden, nachdem die drei Jungspunde mich gestellt hatten.

»Aber vorher werden wir tun, was wir hier mit deinesgleichen tun, Sodomit!«, schrie der Schmächtigste des Hitzkopftrios.

Drohend hob er den Holzknüppel, den er mit beiden Händen hielt. Nun drang auch der Dritte im Bunde zu mir vor. Er war der Kräftigste. In der festen Überzeugung, keine Waffe zu brauchen, ballte er seine Hände zu Fäusten.

Ich war in die Falle getappt. In der Frühe war mir der Schönling am Brunnen begegnet. Ich war zurückgewichen. Dachte, er wolle mich für den Trinkwasserklau bestrafen. Doch sein Tonfall war beichtend, nicht wütend. Ich war zu überrascht, um Argwohn zu schöpfen. Ihm ginge es so schlecht, stammelte er. Er bräuchte meinen Rat. Er bettelte fast. Ich schöpfte keinen Verdacht. Glaubte, ich könne ihm helfen mit seinem inneren Konflikt. So rannte ich sehenden Auges in den Hinterhalt, den sie mir gestellt hatten. Der Schönling wollte sich nicht offenbaren. Das Gegenteil war der Fall. Er wollte den beiden anderen zeigen, dass er nicht so ist. Deshalb schwang er die Mistgabel ausgerechnet in Höhe meiner Hüften hin und her.

Es war nicht das erste Mal, dass ich in eine solche Situation geriet. Meistens halfen mir die Kinder. Oder ich hatte einfach Glück. Doch diesmal war es anders. Kein einziges Kind war zu sehen. Offenbar waren sie von ihren Eltern weggesperrt worden. Auch mein Glücksvogel zwitscherte nicht mehr.

Der junge Mann zögerte. Zitternd hielt er sein zweckentfremdetes Arbeitsgerät in den Händen. Es war immer das Gleiche. Die Unsichersten waren die Gefährlichsten. Genauso lief es mit den neuen Gläubigen im Land. Jene, die mit Zweifel glaubten, gingen am brutalsten gegen die Andersgläubigen vor. Sie mussten ihre eigenen Zweifel im anderen besiegen. Und das ging am einfachsten mit Gewalt. Scheiterhaufen wurden wieder errichtet. Und natürlich wurden Sündenböcke benötigt. Frauen wurden der Hexerei verdächtigt und alle anderen Geschlechter der Sodomie.

Den viel zu jungen Vater schien dies besonders zu ängstigen. Ihn kümmerten die Geschichten, die ich erzählte, nicht wegen des Wohles seiner Kinder. Er sah Dinge, die er nicht sehen wollte. Wollte allen beweisen, dass er nicht so ist. Ich verstand seine Situation gut. War selbst einst in einer ähnlichen Lage gewesen. Aber ich wählte einen anderen Weg.

Die Meute feuerte ihn an. Ich überlegte, ob ich mich verwandeln sollte. Doch ich hatte den richtigen Zeitpunkt verpasst. Es waren zu viele. Mindestens zwei Dutzend aufgewühlte Dorfmenschen umringten mich.

»Reißt seine Eier ab! Entmannt das Schwein!«, schrie eine ältere Frau, die direkt hinter den Dreien stand.

Ihre blumenbestickte Bluse und ihr dunkler Samtrock waren derart sauber und faltenfrei, als hätte sie ihre teuerste Feiertagskleidung für dieses Ereignis angezogen. Natürlich wollte sie etwas geboten bekommen.

Der Bursche trat einen Schritt vor. Seine beiden Kumpane flankierten ihn. Hinter ihnen tobte der Mob. Es gab keine Fluchtmöglichkeit. Er hob seine Gabel.

»Nun kastriert …«

Das Gezeter der Alten verstummte mitten im Satz. Etwas hielt sie gepackt und zog sie nach hinten. Ihre Sonntagsbluse hing in Fetzen. Alles ging so schnell, dass ich kaum folgen konnte. Hinter dem Mann tauchte ein Schemen auf, welches wie ein Wirbelwind durch die Menge tobte. Seine Mistgabel wurde ihm entrissen. Kreiselte durch die Luft. Und bohrte sich ihm zwischen die Rippen. Er torkelte nach vorne. Aus seinem gekrümmten Körper ragte der hölzerne Stiel der Gabel. Wie ein dritter Arm, der aus der Wirbelsäule wuchs, wippte er unkontrolliert von einer Seite zur anderen. Ich musste wegschauen, so grausig war das, was sich vor mir ereignete.

Ich hörte seinen entsetzten Schrei und spürte etwas Pelziges meine Hand berühren.

»Rrrru-drrri-kkk!«, heulte eine vertraute Stimme.

Das weiche Fell einer Tierpfote umschloss meine Hand. Ich schaute in ein blondes Fellgesicht, in dem eisblaue Augen aufblitzten. Entsetzt wich die Menge auseinander. Das Maul der Wolfsfrau kreiste knurrend umher – jeden Einzelnen des Mobs im Blick. Während ihre linke Pranke mich nach vorne zog, hieb ihre Rechte wahllos auf die Flüchtenden ein. Aus den Augenwinkeln erkannte ich, wie der Knüppeljunge blutend zu Boden stürzte. Sah, wie ihre Krallen das Gesicht eines Greises zeichneten. Wie sie einer Stallmagd in den Oberarm biss. Fest packte sie meine Hand und rannte mit mir los. Ihr schauriges Geheul hallte durch das Dorf. Drang in die allerkleinste Ritze. Pferde wieherten und rissen sich los. Schafe blökten und drängten sich in Panik aneinander. Hunde winselten und zogen ihre Schwänze ein. Das Geschnatter der Gänse wurde zu einer Sinfonie der Angst. Auch der sich zuvor so stark fühlende Mob zerstreute sich in alle Richtungen. Die zu Tode Erschreckten verbarrikadierten sich in ihren Häusern. Liefen in Richtung der Felder. Oder verschwanden im dunklen Wald. Horror hielt das Dorf gefangen.

Als wir am Dorfrand ankamen, hörten wir die Schüsse. Männer mit finsteren Minen und Jagdgewehren in den Händen bliesen zur Wolfsjagd. Erneut mussten wir um unser Leben rennen.

🐾

Zwei Stunden später rasteten wir an einer versteckt gelegenen Quelle im Wald. Tranken begierig das kühle Wasser. Ich sah, wie das Fell von Juremas sehnigen Armen wich. Wie das Gesicht der Wolfsfrau wieder zu einem blühenden, menschlichen Antlitz wurde. Während der Flucht hatte sie unentwegt geknurrt. Hatte mir bedeutet, schneller zu laufen. Wie eine Gefangene hatte sie mich mit ihrer Pranke gepackt. Wie Beute. Nun saßen wir uns in menschlicher Form auf dem vermoosten Waldboden gegenüber. Blickten uns unsicher an. Ich zitterte noch immer. Nur langsam wich die Furcht von mir.

Seit jener Nacht trafen wir uns regelmäßig. Verbrachten Zeit miteinander. Manchmal mehrere Tage am Stück. Gewöhnten uns aneinander. Aber nie zuvor war ich ihr als Wolfsfrau begegnet. Als würde sie meine Gedanken lesen, brach sie das Schweigen.

»Ggge-wittt-erttt, dddu Schwie-riggg-kkkei-ttten, Rrru-drrri-kkk!«, knurrte sie.

Sie war nicht mehr Wolf. Aber sie war auch noch nicht Mensch. Und definitiv nicht die Frau, die ich in den vergangenen Monaten lieben gelernt hatte. Diese schien weit weg zu sein.

Hatte Lupina mich akzeptiert? Sich an meinen Geruch gewöhnt? Hatte sie mich deshalb gerettet?

Ich nahm meinen ganzen Mut zusammen und umarmte sie. Sie ließ es geschehen. Ihre warme, weiche Haut ruhte an der meinen.

»Danke!«, flüsterte ich ihr ins Ohr und roch dabei an ihrem Haar, welches wieder feuerrot glänzte.

»Ich habe dich vermisst, Rudrik-Herz!«, krächzte sie mit menschlicher Stimme.

Sie verbarg ihr Gesicht an meiner Schulter. Ich spürte, wie die Ferne zwischen uns geringer wurde. Lupina war nicht verschwunden. Sie lauerte misstrauisch. Dachte ich mir. Jede meiner Wolfswunden war eine Wunde der Nähe.

Zärtlich fuhr sie mit ihrer pelzigen Hand durch mein Haar.

»Heißt das, Lupina hat mich akzeptiert?«, brach ich unser Schweigen.

Sie knurrte. Aber es war kein Wolfsknurren. Sondern ein schlecht imitiertes, menschliches Knurren. Sie musste laut loslachen. Und zog mich zu sich heran.

»Ohne Lupina hätte ich dich nicht retten können. Es waren zu viele. Ich bin nicht stark genug.«

Dabei spannte sie ihre Oberarmmuskeln an.

»War ich in Gefahr?«

»Und wie! Aber nicht wegen Lupina. Du bist zu gutgläubig. Menschen sind böse, Rudrik!«

»... und Lupina?«

»… wird nur böse, wenn ich verletzt werde. Ich war so in Sorge um dich, als ich den Mob sah. Lupina spürte es. Brach hervor. Rettete dich, um mich zu schützen.«

»Und jetzt?«, stellte ich die eine Frage, die seit mehr als einem halben Jahr auf ihre Antwort harrte.

»Wird alles gut! Sie beginnt, dich zu akzeptieren. Aber du darfst mich nie verletzen. Das wäre dein Tod, Rudrik-Herz!«

Sie beugte sich zur Quelle hinab. Nahm einen kräftigen Schluck. Ich tat es ihr gleich.

Nachdem unser Durst gelöscht war, wanderten wir Hand in Hand eine Landstraße entlang. Schwalbenschwanzschmetterlinge tanzten um uns herum. Die Anspannung unseres Wiedersehens verflog und Jurema scherzte fröhlich.

»Hast du den Kindern wieder schaurige Wolfsgeschichten erzählt, dass die Erwachsenen so böse wurden, mein Herz?«

Sie lachte ein befreites Kinderlachen. Jurema war zu einer erfahrenen Frau gereift. Doch in diesem Moment größter Entspanntheit wurde sie zu einem unbeschwerten Teenager.

»Nein, Jurema, diesmal ging es um die Mysterien der Stadt …«

Ich zwinkerte ihr zu.

»… ich habe ihnen Geschichten von einem geheimen Ort erzählt. An dem Männer Männer lieben. Und Frauen Frauen. Und von denen, die weder Mann noch Frau sind.«

Sie schaute mich ungläubig an.

»Wirklich?«

Der blonde Flaum in ihrem Gesicht war vollends verschwunden. Und mit ihm die wölfische Gereiztheit. Ihre hervorbrechende Ausgelassenheit war ansteckend. Und ich lachte los. Viel zu laut.

»Es gibt noch viele Geschichten, die ich dir erzählen muss, Jurema!«

Sie rückte ein Stück näher und lehnte ihren Kopf an meine Schulter. Wieder spürte ich diese Vertrautheit, die Glückseligkeit in mir auszulösen vermochte.

»Stimmt es, was sich die Kinder damals im Dorf über dich erzählt haben, mein Herz?«, unterbrach sie meine Gedanken.

»Ja?«, meinte ich abwesend.

»Dass du dich in eine Frau verwandeln kannst?«

Sie schaute mich spitzbübisch an. Ihre Augen lachten frech. In eine Frau verwandeln? Sie war mir so nahe und doch hatte sie mein Wesen noch nicht erkannt. Ich zog meine frisch gezupfte Augenbraue bis zum Haaransatz hoch. Eine weitere Geschichte, die ich erzählen musste. Doch mir war nicht danach. Es war nicht der richtige Zeitpunkt. Und der absolut falsche Ort.

»Hm.«, grummelte ich.

»Zeig es mir, Rudrik-Herz!«

Sie ließ meine Hand los und lief erwartungsvoll um mich herum.

»Nicht jetzt, Jurema!«

»Bitte, bitte!«

Sie blieb vor mir stehen und schaute mich mit großen Augen an. So wie es kleine Mädchen tun, wenn sie etwas unbedingt wollen und wissen, dass sie es kriegen werden. Ich blieb hart.

»Nein, nicht hier, Jurema.«

Sie nahm mit ihren beiden Händen meine Hand und zog quengelnd daran.

»Verwandle dich in eine Frau! Für mich!«

Ich schüttelte den Kopf und befreite meine Hand. Sie war mehr Kind denn je. Genoss das Spiel. Als sie erkannte, dass ich nicht nachgab, wurde ihr Blick kalt. Böse schaute sie mich an.

»Du kannst es gar nicht! «, schrie sie mir entgegen.

Die Enttäuschung in ihrer Stimme war nicht zu überhören. Ihre Stimmung wechselte so abrupt wie Aprilwetter.

»… ich kann es und ich werde es für dich tun. Aber nicht hier. Auf dem Lande ist es zu gefährlich. Du hast gesehen, wie sie auf harmlose Kindergeschichten reagieren.«

»Wo denn sonst?«

»Bald werden wir uns in der Stadt wiedersehen. Dort wirst du mich als Frau sehen!«

Ich seufzte. Konnte nicht fassen, dass ich diese Worte sprach.

»Versprichst du es, Rudrik-Herz?«

»Ich verspreche es.«

Ein mächtiges Pochen drang von der Tür. Donnernd und grollend. Gleich dem aufdringlichen Glockengeläut der neuen Religion, die sich unerbittlich wie ein Fieber im Land ausbreitete. Der Raum vibrierte. Vor

Schreck rutschte ich mit dem kleinen schwarzen Stift über die frisch gepuderte Stirn.

»Mistverfluchtundverdammt! Zum Kuckuck mit euch, ihr unflätiger Störenfried!«, schrie ich zum Eingang.

Fassungslos betrachtete ich die Katastrophe in dem pompösen Spiegel, der auf meinem Schminktischchen wie ein Fenster in eine andere Welt thronte.

Meine feine schwarze Braue hatte mit einem Schlenker den Weg Richtung Haaransatz eingeschlagen. Ich sah aus wie Kleopatra an ihrem miesesten Tag. Verärgert befeuchtete ich mein seidenes Taschentuch mit Spucke und rieb mir die verlängerte Braue von der Stirn. Der zweite Versuch gelang. Ruhig verfeinerte meine Hand beide Brauen. Ich seufzte laut.

Wieder pochte es. Ich ignorierte das Klopfen und tauchte meinen Zeigefinger in ein Töpfchen mit getrockneter Farbe. Die Farbe glänzte purpurrot auf meinen benetzten Lippen. Das musste für den unangekündigten Besuch reichen. Mit der Eleganz einer mesopotamischen Hohepriesterin erhob ich mich. Schob den gepolsterten Stuhl ordentlich vor das Tischchen. Der unbekannte Gast sollte den besten Eindruck bekommen. Mein flatternder Seidennachtrock glänzte wie das Gefieder einer Rabenkrähe. Ich schnürte ihn in Höhe der Hüften zusammen, sodass der Ansatz meiner Brüste deutlich zu erkennen war. Mit geradem Rücken und vorangestreckter Brust schritt ich zur Tür. Wieder dieses wilde Hämmern! Als stünde das Wachbataillon des Kaisers auf der Schwelle. Vorsichtig öffnete ich die schwere Tür einen Spalt.

Mit hoher Stimme flötete ich: »Sagt, wer hat die schlechte Kinderstube, eine Dame am helllichten Tage mit derartigem Lärm zu erschrecken?«

Eine junge Frau stand in der Tür. Offenbar hatte sie sich schick machen wollen. Doch ihr weisses Kleid mit den unförmigen schwarzen Flecken war ihr viel zu weit. Mein Divenblick tadelte sie, als hätte sie sich mit der Haut ihrer Lieblingskuh bekleidet. Welche Geschmacksverfehlung! Ich sah harte Arbeit auf mich zukommen. Die Maid blickte mich überrascht an. Musterte mich mit einer Mischung aus Neugier und Verlegenheit. Es dauerte eine Weile, bis sie bereit war, mich anzusprechen.

Zögernd und mit leiser Stimme stammelte sie: »Ich suche einen Mann, einen Herrn …«

Sie brach mitten im Satz ab. Schaute betrübt zu Boden. Ich räusperte mich wie eine strenge Lehrerin, die ihre Schülerin auffordert, in ganzen Sätzen zu sprechen. Sie blickte mir wieder in die Augen. In den Ihren spiegelte sich nervöse Unsicherheit.

»Ach, ich weiß ja nicht mal seinen richtigen Namen.«, murmelte sie unglücklich, als wäre es ein großer Fehler gewesen, herzukommen.

»Komm rein, du ungezogenes Gör. Macht hier so einen Lärm. Und alles wegen eines Mannes. Tss! Nun komm schon!«

Ich gab mir Mühe, eine Prise Spott in meine Stimme zu legen. Innerlich juchzte ich vor Wiedersehensfreude. Doch Jurema erkannte mich nicht. Sie verharrte weiterhin unsicher auf der Schwelle.

»Ich weiß nicht.«, brachte sie zögernd hervor.

Sie tat einen Schritt zurück. Ließ die Schultern hängen, als wäre ihr junges Herz gebrochen. Sie hielt mich für eine Rivalin.

»Jetzt komm endlich rein, Herzchen! Das war es doch, was du wolltest. Mich sehen, wie ich bin!«

»Rudrik-Herz?«

»Mein richtiger Name lautet Cayala!«

Ihr erleichtertes Lachen zog mich so in seinen Bann, dass ich sie sofort in die Arme schloss. Nur um sie Sekunden später in die Stube zu schubsen, damit wir unbeobachtet sein konnten. Drinnen angekommen musterte sie mich eindringlich und starrte ungeniert auf meinen Busen. Sie sagte kein Wort. Gaffte mich einfach an. Spitzbübisch nestelte sie am seidenen Gürtel meines Mantels und lockerte ihn. Mit einer Geste frei jeder Scham und in der vollkommenen Vertrautheit, mit der sie mir immer begegnete, ergriffen ihre Hände den Seidenmantel und öffneten mein Dekolleté. Ich sah, wie sich ihre Augen weiteten. Vorsichtig betastete sie meine Brüste, prüfte sie zärtlich mit drei Fingern, so als würde sie zum ersten Mal in ihrem Leben eine weibliche Brust berühren. Nie hatte eine auf eine derart unschuldige Weise meinen Busen befühlt. Mitten in der liebevollen Untersuchung stockte sie. Zog ihre Hände hastig zurück.

»Cayala-Herz! Was ist mit deinen Wunden?«

Statt der drei Furchen, die tief in mein zerrissenes Herz reichten und auf schaurige Weise einen Teil meiner inneren Anatomie offenbarten, zierten drei breite, schlecht verheilte, schlangenförmige Narben die linke Brust. Aus den roten Feuerlilien waren rosa Efeuranken geworden.

»So ist es immer, Jurema. In diesem Körper …«, dabei glitt mein Blick zu meinen Brüsten hinab, » … beginnen die Wunden zu vernarben. Nur ein wenig. Nie vollständig.«

»Aber, Cayala-Herz …«

Sie stockte mitten im Satz, als wäre ihr etwas Wichtiges eingefallen. Ihre Stirn lag in Falten.

»Wie fühlt sich das an? Eine Frau in sich zu haben?«

Sie zwinkerte mir zu. Erinnerte mich an den Moment unserer zweiten Begegnung, als ich ihr die gleiche Frage bezüglich ihrer Wölfin stellte.

»Sie ist immer da. Wie ein sanfter Rausch.«, neckte ich sie.

»Bin ich in Gefahr?«, spottete sie, zog mich zu sich heran und küsste mich auf den Mund.

Ihr Gesicht verzog sich.

»Igitt!«, rief sie aus, »Was ist da auf deinen Lippen? Das schmeckt widerlich!«

»Meine Lippen sollen hübsch aussehen. Nicht schmecken!«, lachte ich.

Mit ihrem Handrücken wischte sie mir grob das Purpurpulver vom Mund.

»Ich will dich schmecken, mein Herz!«, rief sie aus und küsste mich erneut.

Es war ein typischer Juremakuss. Einer, der Ewigkeiten zu dauern schien. Der in ferne Zauberreiche entführte.

Als sie von mir ließ, schaute sie mich mit ihren Tiefseeaugen an. Studierte jedes winzige Detail meines gepuderten Gesichtes.

»Stört es dich kein bisschen, dass ich Frau bin?«

Sie tat einen Schritt vor. Und noch einen. Drückte ihren festen Körper an den meinen und ließ ihre Hand unter die Seide gleiten. Wanderte mit ihr hinab, um schließlich zwischen meinen Beinen etwas zu ertasten, was sie niemals erwartet hätte. Aufgeregt zog sie die Hand fort und tat einen Schritt zurück. Mit offenem Mund starrte sie mich an.

»Das, das … das gibt es doch nicht …«

Ihre Überraschung wich flugs der Erregung. Ich sah Lüsternheit in ihren Augen funkeln. Erkannte, wie ihr die Neugier aus jeder Pore tropfte. Sie wollte Dinge erfahren, von denen sie nur gehört hatte. Vielleicht sogar einmal geträumt hatte. Mit einem Ruck zog sie mich an sich. Packte mich mit beiden Händen. Hob mich in die Höhe und trug mich wie eine

Kleiderpuppe durch den Raum. Vor dem frisch bezogenen Baldachinbett, welches die Hälfte des Raumes einnahm, hielt sie inne. Siegesgewiss blickte sie mir in die Augen. Nur um mich eine Sekunde später schwungvoll in die Samtkissen zu werfen, die sich pyramidengleich auf der Schlafstatt türmten.

Stundenlang wälzten sich unsere nackten Leiber in Wollust umeinander. Das weiße Laken war feucht von unser beider Liebesgier. Die Kissen lagen verstreut wie die Kykladen auf dem Boden der Stube.

Als wir uns am Abend erschöpft in den Armen hielten, schaute mich Jurema verliebt an und gurrte: »Es stört mich kein bisschen, dass du Frau bist. Im Gegenteil, mein Herz!«

Sie kuschelte sich an mich und wir versanken in einem Mahlstrom der Zärtlichkeiten.

»Cayala-Herz! Sie sind verschwunden!«, schrie Jurema plötzlich auf.

Sie starrte auf meine Brust, die erregt ihre ganze Pracht entfaltete. Die Narben waren wie vom Winde verweht. Was Jurema nicht sehen konnte, war, dass auch die darunter liegende Wunde, die Wunde tief in meinem Herzen, nicht mehr schmerzte. Mein Wundherz war nicht mehr. Ich erschrak. Spürte Verlust. Es hatte mich mein halbes Leben begleitet. War zu einem Teil von mir geworden.

Es dauerte mehrere Momente, bis ich begriff, was geschehen war. Tränen rannen mir die Wangen hinab. Tränen der Freude, die Jurema sanft wegküsste. Ihre unbefangene Liebe, gleich, ob ich ihr als Rudrik oder Cayala begegnete, hatte meine Herzwunde heilen lassen.

# 4. Gefangenschaft

»Welche Gräuel! Welche unerhörte Unzucht! Ich zitiere: ›Männerzeug darf nicht auf einer Frau sein, und ein Mann darf nicht das Gewand einer Frau anziehen. Denn jeder, der dieses tut, ist ein Gräuel für den Einen, deinen Gott.‹. So steht es geschrieben im Heiligen Buch des Einen. Er ist ein Mann und trägt das Gewand einer Frau. Und seine lasterhafte Erzählung bestätigt es. Er ist ein Gräuel für den Einen, unseren Gott. Er muss bestraft werden. Schrecklich bestraft werden. So wie das Heilige Buch des Einen es uns lehrt. Wir müssen an ihm ein Exempel statuieren. Brennen soll er. Brennen auf dem Scheiterhaufen. Brennen in den Flammen des Rechts. Wie einst die beiden Städte des Lasters, Eure Majestät.«

Der Priester drehte sich schwungvoll, damit seine sündhaft teure Robe einen Kreis um ihn herum zog. Gleich einer Inszenierung beendete er sein flammendes Plädoyer. Seine juwelenbesetzte Soutane funkelte im spärlichen Licht, welches der kerzenbestückte Kronleuchter auf uns hinabwarf. Von wegen ein Mann darf nicht das Gewand einer Frau tragen!

Selbstüberzeugt, wie es nur wahnhaft Gläubige können, blickte er den Stadtfürsten an. Doch der schien abwesend. Statt den bedeutungsschwangeren Worten über mein Schicksal zu lauschen, betrachtete er die papageienbunten Porträts seiner Vorgänger, die die ansonsten kargen Wände schmückten. Er trug einen schlichten, doch meisterhaft geschneiderten Zwirn, der seine Statur perfekt zur Geltung brachte. Ein wohltuender Kontrast zur Geschmacksverirrung des Priesterpfaus. Nachdem er alle Herrscherbilder ausgiebig gemustert hatte, schaute er den Priester von seinem wuchtigen Eichenholzthron aus an. Seine markanten Gesichtszüge unterstrichen die Entschlossenheit, die aus seinem Gesicht strahlte. Mit ihr hatte er es bis auf den Thron geschafft. Hatte alle Gegner aus dem Weg geräumt. Und ein hohes Opfer gebracht. Sein Blick schweifte zu mir hinab, ohne mich zu erkennen.

Ich kniete noch immer auf dem Steinboden des Herrschaftssaales. Eiserne Ketten, schwarz wie die Nacht, hielten meine Hände auf dem Rücken gebunden. Schmerzten an meinen Gelenken. Meine prachtvolle Aufmachung war zu einem Elend gewandelt. Verschmutzt und in Fetzen hing sie an mir herab.

Gab den Blick auf einen ausgemergelten Körper frei, den nur ein Priester als männlich wahrnehmen konnte. Der geschwächt war von tagelanger Marter und Nahrungsentzug. Es war ihnen beinahe gelungen, meinen Willen zu brechen. Während der Folter entflammte die in meinem Herzen verborgene Wunde. Jene, die von Menschen stammte. Nicht von Wölfen. Gleich dem Fegefeuer, von dem der Priester der neuen Religion beständig fabulierte, tauchte sie meinen Oberkörper in einen dämonischen Schein. Er strahlte wie die leuchtenden Kürbisse in der Halloweennacht. Die auflodernde Wunde gab mir Kraft, die Folter zu überstehen. Das Wundfeuer war mein Wolfsfell. So schaute ich mit brennendem Herzen und einer Mischung aus Verachtung und Mitleid zu den sich überlegen fühlenden Herren hinauf.

 Sie hatten es nicht begriffen. Hatten den tieferen Sinn meiner Geschichte nicht verstanden. Dabei war es mir gelungen, sie perfekt einzuschachteln. Manchen Erwachsenen muss eine alles haarfein erklären.

»Es ist kein 'er'. Sehr nur, wie es leuchtet! Gebt es mir, Eure Majestät!«, nuschelte der Alchemist, der zur Linken des Stadtfürsten stand und sich offenkundig in feindseliger Konkurrenz zum Priester der neuen Religion befand.

Er war in schmucklose Leinenkleidung gehüllt. Von einem blendenden Weiß, wie es Halbgötter bevorzugen. Dozierend schritt er vor mir auf und ab. Betrachtete mich wie ein sonderbares Insekt, welches aufgespießt in einem Glaskasten hängt.

»Gebt es mir, denn ein solches Wunder kann nur die Alchemie erfassen. Es ist Mann und Frau. Gebt es mir! Ich werde es aufschneiden und seine Organe untersuchen. Vielleicht finde ich in seinem Körper die Materia Prima. Nur mit ihr lässt sich ein Heilmittel für die gefährliche Seuche der Sodomie, die unsere Stadt befallen hat, herstellen, Eure Majestät!«

»Nein! Brennen soll er! Ihr habt sein Blut. Stellt damit eure blasphemischen Experimente an. Aber sein Körper muss brennen. Er ist Sodomit. Der Schlimmste seiner Art. Er muss brennen. Brennen auf dem Scheiterhaufen. Wie alle Sodomiten! Auch der Eine, unser Gott, reinigte die Städte der Sodomie mit Feuer. Ich sage, ihr müsst ihn verbrennen, Eure Majestät! Auf den Scheiterhaufen mit ihm! Im Namen des Einen, unseres Gottes!«

Die beiden stritten wie zwei Aasgeier um die Reste eines verendeten Rehes. Genauso fühlte ich mich. Ich war geschwächt vom vielen Aderlass. Von den schlaflosen Nächten. Der Marter im Verlies. Den Demütigungen. Der Kerkermeister nannte mich nur 'das Ding'. Ich sackte weiter in mich zusammen. Das Erzählen der Geschichte, auf Knien und in Ketten, machte mich müde. Und dennoch freute es mich, zu hören, dass der Alchemist mit meinem Blut so erfolglos wie der Priester mit seinem Exorzismus war. Ihr vermeintliches Wissen gelangte bei meinem Wesen an seine Grenzen. Doch den Stadtfürsten musste ich im Auge behalten. Er war ein geltungssüchtiger Herrscher und mir nur zu vertraut.

»Die Geschichte, die ihr erzählt, mag meine Berater beunruhigen. Aber sie erklärt nicht, welcher Natur der Schrecken ist, der in meiner Stadt wütete. Der meine ruhmreiche Stadtwache auf grausame Weise dezimierte.«

Der Stadtfürst beugte sich vor. Die Arme elegant auf den Lehnen seines Thrones ruhend. Ich war mir sicher, früher oder später würde er mich wiedererkennen.

Musste ich die Geschichte weiter erzählen? Konnte 'Eure Majestät' nicht zwei und zwei zusammenrechnen? Waren alle drei begriffsstutzig?

Es blieb mir nichts anderes übrig, als den feinen Herren auch den Rest der Geschichte zu erzählen. Mittlerweile war ich zu einer publikumssüchtigen Geschichtenerzählerin herangereift. Es störte mich wenig, meine Dichtperlen vor solche Säue zu werfen.

»Jurema zog bei mir ein. Die Tage vergingen wie im Flug. Unsere Liebe wuchs mit jedem Augenblick. Zwei Wochen lang hatte sich Lupina nicht blicken lassen. Schlief tief in Jurema. Doch dann kam jenes Ereignis, welches alles verändern sollte.«

Ich blickte hinauf zu den Dreien, die ihre Augen erwartungsvoll auf mich richteten. Ich genoss ihre Aufmerksamkeit. Die Schmerzen an meinen Gelenken ebbten ab.

»Das Ereignis fand an einem sonderbaren Ort statt. Eine Zuflucht. Ein Nicht-Ort. Die Eingeweihten

nennen ihn 'Am Fuße des Regenbogens'. So uner-
reichbar ist er. Für euch, möchte ich betonen. In der
Nacht führte ich Jurema in dieses Refugium. Ich
weiß, wie eine zu ihm gelangt, denn ich war eine von
jenen, die es entdeckten. Gebt euch keine Mühe:
Auch Tausende eurer Soldaten werden seinen Eingang nicht finden. Niemals.«

Während der Stadtfürst verstehend nickte, schauten
seine beiden Büttel entgeistert drein. Der Alchemist
öffnete seinen Mund, schloss ihn aber im gleichen
Moment, als er die Reaktion des Fürsten sah. Der
Priester schnappte hörbar nach Luft. Nur um im
nächsten Moment wie ein gereizter Stier zu schnau-
ben.

»Wir liefen durch unbeleuchtete Gassen. Mehrfach
musste ich mein kostbares Gewand raffen, da das
Kopfsteinpflaster eurer Stadt des Nachts in Pferde-
mist zu ersticken droht. Ein Dreckloch ist eure Stadt
geworden! Was macht ihr mit den vielen Steuern, die
ihr aus den Menschen presst?«

Ich blickte ihn tadelnd an. So wie früher, wenn ich
ihn necken wollte.

»Jurema lief voraus. Sie besitzt einen kräftigen
Schritt. Und hatte die Hosen an. Im wahrsten Sinne

des Wortes. Sie musste sich um keinen Rocksaum sorgen. Nicht allein aufgrund unseres erschöpfenden Liebesspiels waren wir erst spät in der Nacht losgezogen. Auch die Kleiderwahl meiner Wolfsbraut gestaltete sich als zeitaufwendiges Unterfangen. Viel zu eigen war Juremas Geschmack. Viel zu streng mein ästhetisches Urteil. Und alles musste weit sein. Als hätte sie geahnt, was passiert. Wir stritten viel. Sie wechselte wild zwischen meinen beiden Kleiderschränken hin und her. Kombinierte mal einen Faltenrock mit einem Admiralshemd, mal eine Seidenbluse mit einer Zimmererhose. Bis ihre Erscheinung einer mit allen Winden gesegelten Piratenkönigin glich. Breitbeinig stellte sie sich vor mich.

Mit einem zufriedenen Grinsen postulierte sie: 'Wir sind fertig, mein Herz!'

Ich schlug die Hände über dem Kopf zusammen. Seufzte, so laut ich konnte. Doch alles Zetern half nicht. Sie hatte entschieden und ich war verdammt, nachzugeben.«

Der Fürst runzelte die Stirn. Ihm gefielen meine Details nicht. Ich hatte auch an seiner Kleidung ständig gemäkelt. Mit Erfolg, wie sich angesichts seines perfekt geschneiderten Gewandes zeigte. Doch die

Details meiner Geschichte sollten nicht nur die Spannung steigern, den Fürsten verunsichern und Zeit schinden. Es gab noch einen weiteren Grund. Je mehr ich mich in die Erinnerung an die zauberhaften Tage mit Jurema steigerte, desto besser konnte ich die Gegenwart ausblenden.

»Eine Weile liefen Jurema und ich durch muffige, nur von spärlichem Fackellicht erleuchtete Tunnel. Durch Pfützen groß wie Ententeiche. Bis wir zu einem purpur verzierten Höhlengewölbe gelangten, welches den Eingang zu jenem verwunschenen Ort bildete, an dem die Vorstellung bereits begonnen hatte. Schon konnten wir die Prachtakustik jenes Höhlendomes genießen, der einem in Stein gehauenen Opernsaal glich. Kathedralenhoch breitete sich der Raum aus und war doch bis in die letzten Winkel gefüllt mit Menschen aller Geschlechter, Hautfarben und Herkünfte. Wir mussten in einer der hinteren Reihen Platz nehmen. Wie alle anderen auch setzten wir uns auf ausrangierte Weinfässer, die einen säuerlichen Geruch verströmten. Mit angedeutetem Kopfnicken begrüßte ich mir bekannte Gesichter. Es waren derer viele. Ich nickte ohne Unterlass.«

Der Herrscher räusperte sich. Er war es gewohnt, nonverbale Befehle zu geben. Ich sollte zum Ende kommen. Aber eine Geschichtenerzählerin lässt sich nicht bremsen, wenn sie in ihrem Element ist.

»Jurema rutschte neben mir auf ihrem Fass unruhig hin und her. Fast wie damals, als ich den Kindern die grausame Geschichte meiner Wolfswunde erzählte. Routiniert nahm sie meine Hand. Hielt sie feste gedrückt und reckte ihren Kopf nach vorne, um kein einziges Detail des Schauspiels, welches auf der Bühne stattfand, zu verpassen. Das Stück handelte von zwei jungen Männern, Romeo und Julian, die um ihre Liebe kämpfen mussten. Gegen alle Stände. Die Hauptdarsteller wurden von zwei Frauen in Männerkleidern gespielt. Jurema kicherte, als sie erkannte, dass alle Frauen im Stück Männerrollen spielten und alle Männer Frauenrollen. Die Männer in Frauenkleidern liebten Männer in Frauenkleidern. Die Frauen in Männerkleidern liebten Frauen in Männerkleidern. Sie küssten und sie neckten sich. Und alles auf der Bühne. Meine Herzdame blickte sich neugierig um. Auch im Publikum tuschelten Frauen mit Frauen. Gaben sich zärtlich Nasenstüber. Und Männer hielten verschämt Händchen mit anderen Männern. Dazwischen saßen solche, von denen sie nicht zu sagen wusste, ob es Männer oder Frauen waren. Alle saßen nebeneinander. Die Magd neben der Comtesse. Der Richter neben dem Bäcker. Die Bauersfrau neben der Schneiderin. Und der Laufbursche neben dem Goldschmied.«

»Gotteslästerung! Er lästert Gott. Lasst das nicht weiter geschehen! Stopft ihm das Maul, Eure Majestät!«, schrie der Priester erzürnt, als hätte er den Sinn dieses Sodomie-Prozesses nicht verstanden.

Wenngleich es mir eine diebische Freude bereitete, erzählte ich die Geschichte nicht aus freien Stücken. Sie wollten mich zu einem Geständnis zwingen. Doch ich verfolgte einen Plan. Hatte die Geschichte nicht umsonst so kunstvoll eingeschachtelt.

Der Priester bekreuzigte sich einmal, zweimal, dreimal. So viele 'Einer Unser' konnte er nicht beten, dass er heute Nacht in seinen Träumen keine teuflische Versuchung erlitt.

»Was es da erzählt! Es gibt einen Ort, an dem sich die Kranken versammeln wie gesunde Bürger. Jetzt wissen wir, wie die Seuche übertragen wird.«, murmelte der Alchemist überrascht.

Er watschelte einige Meter in meine Richtung. Blickte auf mich herab, als wäre ich ein missglücktes Experiment, dessen Scheitern er plötzlich verstand.

Der Herrscher hob seine rechte Hand und ließ sie in Höhe seiner Brust kreisen, bis er abrupt stoppte. Die ebenso einfache wie wirkungsvolle Geste brachte beide zum Schweigen. Sorgenfalten vertrieben die Entschlossenheit im Gesicht des Fürsten, als er mich aufforderte, fortzufahren.

»Die Vorstellung zog Jurema vollständig in ihren Bann. Fast vergaß sie, dass ich neben ihr saß. Immer wieder kiekste sie vor Aufregung laut auf. Als unsere Sitznachbarn uns streng anschauten, kuschelte sie sich in mein prachtvolles Gewand, welches eure Büttel im Kerker ruiniert haben. Seht her! Schaut euch an, was sie mit dem edlen Stoff aus Urgien gemacht haben!«, spottete ich divenhaft.

Als wäre ich selbst eine Schauspielerin, schüttelte ich die Fetzen, die mir am Leib hingen. Gab bewusst noch mehr von meinem Obszönität verheißenden Körper preis. Der Priester bekreuzigte sich erwartungsgemäß. Das Wundfeuer gab mir die Kraft zu solchem Spott. Ich räusperte mich. Wartete einen Moment, bis ich mir der vollständigen Aufmerksamkeit der drei Herren sicher war. Und setzte erneut an.

»Zärtlich hielt ich Juremas Hand. Genoss die Vorstellung bis zu ihrem tragischen Ende. Kaum ebbte der tosende Applaus ab, huschte eine exzentrische Gestalt über die Bühne. Ihr zierlicher Körper wurde von dem liebevoll geschneiderten Flickengewand einer Lumpenkönigin geschmückt. Sie verströmte die Güte der Mutter des letzten Adams. Doch bewegte sich luxuriös schlendernd wie ein Flaneur. Jurema stieß mir ihren Ellbogen in die Seite. Schaute mich fragend an. Mann oder Frau? Sie konnte es nicht sagen. Ich lachte herzhaft.

Die geschlechtlich uneindeutige Person stolzierte wie eine Katze, die den perfekten Ruheplatz sucht, auf der Bühne umher.

›Wenn meine bedauerliche Wenigkeit das hochverehrte Publikum begrüßen dürfte …‹

Ihre Bescheidenheit tauchte tief in den Ozean der Unterwürfigkeit, um in den Gefilden der Ironie an Land zu gehen. Die feste Stimme, mit der sie sprach, gab jeder im Raum das Versprechen, dass sie wie ein

Vulkan ausbrechen würde, sollte es notwendig sein. Und sich keinem noch so derben Scherz verweigern würde.

›… bist du also nur ein Grießbreifresser?‹, beschimpfte sie das 'hochverehrte Publikum'.

Die Angesprochenen brüllten vor Lachen. Sie fuchtelte aufgeregt mit ihren Händen umher. Parodierte das Naserümpfen der Adligen, wenn sie ihr in den Gassen begegneten. Ihr schallendes Gelächter, welches ihre pantomimischen Einlassungen begleitete, war ansteckend wie die Grippeepidemie des letzten Winters.

›Das ist Mutter Makellos!‹, flüsterte ich Jurema zu, als wäre damit alles gesagt.

Als die Königin der Bettlerinnen eine eindrucksvolle Pause machte, erfüllte Schweigen den Raum. Wie ein Wiesel schlich die betagte Mimin entlang der aus übereinandergestapelten Holzkisten improvisierten Bühne. Schaute sich jedes einzelne Gesicht genau an. Ihr Blick glich dem eines Bussards, der, durch die Wiese der Äußerlichkeiten hindurchsehend, seine verborgen gewusste Beute erspäht. Wieder und wieder riss sie üble Possen, über jene, deren Wesen sie auf diese Weise entblößte. Die Geschmähten dankten es ihr mit herzhaftem Gelächter.

Plötzlich stemmte sie beide Arme in die Seiten. Reckte ihren Kopf so weit nach vorne, als wolle sie das Publikum in einem Bissen verschlingen.

Vor Vergnügen schrie sie: ›Wisst ihr denn, wer heute unser Gast ist? Habt ihr sie schon gesehen, wie sie dahinten mit dem Bauernlümmel, nein wartet, es ist eine Lümmelin, mit der Bauernlümmelin sitzt?‹

Nach einer Kunstpause ließ sie ihrer Vulkanstimme freien Lauf.

Gleich einem Lavastrom ergoss sich ihr Ruf über das Publikum: ›Cayala ist es! Komm an mein Herz, mein Kind! Komm zu mir auf die Bühne! Mach schon, du zuchtloses Luder!‹

Ich grinste Jurema an. Mutter Makellos konnte sie mit ihrer edlen Aufmachung nicht täuschen.

Frei jeder Verlegenheit, erklärte ich: ‹Unsere Königin meint mich. Entschuldigt, Lümmelin!‹

Jurema hielt meine Hand und flüsterte: ›Nein! Lass mich nicht allein! Geh nicht, Cayala-Herz! Nicht doch!‹

Sie flehte mich an. Die Menge lachte. Wir waren zum Mittelpunkt des Schauspiels geworden. Während ich mich auf dem Weg zur Bühne zwischen den Fässern hindurch zwängte, schmetterte Mutter Makellos dem Publikum eine obszön-schmeichlerische Laudatio meiner Persönlichkeit entgegen.

‹… und auch wenn sie die Schlimmste von uns allen ist, so haben wir ihr viel zu verdanken! Ohne ihr Gespür für einen Ort wie diesen wären wir nicht hier! Begrüßt mit mir auf das Stürmischste Unsere Heilige Frau vom Walde, Lady Cayala!›

Stolz ließ meine Brust anschwellen, während ich zur Bühne flanierte. Ich genoss die Bewunderung der Anwesenden. Blickte nicht zurück. Und sah nicht, was mit Juremas Gesicht geschah. Wie darin Abertausend Härchen sprossen.«

🐁

Panik verbreite sich im Gesicht des Stadtfürsten, nachdem ich diese Worte sprach. Ich sah den Schweiß von seiner Stirn tropfen. Endlich verstand er, wen er da gefangen hatte. Alchemist und Priester blickten verwirrt zwischen mir und ihm hin und her. Schauten sich schließlich gegenseitig ratsuchend an. Synchron zuckten ihre Schultern. Sie wussten nicht, was geschah. Erkannten nicht, wie sich das Blatt wendete. Ich grinste siegessicher. Genoss den bevorstehenden Triumph. Ich reckte meinen Oberkörper vor.

Das Rasseln meiner Ketten leitete das Ende der Geschichte ein: »Wogender Applaus trug mich auf die Bühne. Ich gab Mutter Makellos zwei Wangenküsschen. Flüsterte ihr eine nette Obszönität ins Ohr. Ich genoss es dermaßen, wieder auf der Bühne zu stehen, dass ich einige Momente auf den Kisten umherstolzierte, bevor ich das Wort ergriff. Weckten die prachtvollen Gewänder, die ich so gerne trug, die Diva in mir, so brachte jede Bühne, war sie noch so schlecht gezimmert, meine obszöne Seite zum Vorschein.

›Meine lieben Beutelratten und Hasenzähnchen, geehrte Damen, Herren und der Rest von uns! Ich freue mich, die Ehre zu haben, wieder bei euch zu sein. Und ich habe euch eine Ankündigung zu machen. Einige von euch werden sich noch erinnern, wie ich vor einigen Jahren in der Stadt auftauchte. Ich wurde 'Wolfsfreundin' von euch getauft. Verstand es aber flugs, euch zu euer aller Vergnügen zu beweisen, dass die Gerüchte, dass ich nur mit Wolfsmenschen verkehren würde, nicht stimmten. Ich wurde von euch aufgenommen wie in eine Familie. Und ich habe genug Frevel besessen und manch ein Herz gebrochen und keine Rücksicht darauf genommen, ob es einem Manne, einer Frau oder einem anderen Geschlecht gehörte.«

Der Priester sah den drohenden Blick des Fürsten und schwieg. Auch der Alchemist begnügte sich mit exzessivem Stirnrunzeln.

»Und ich weiß, dass manch einer und manch eine von euch noch immer davon träumt, von mir in dem einen oder anderen Geschlechte geehelicht zu werden. Ich war mir immer bewusst, welches kostbare Geschenk es gewesen wäre für jeden Mann und jede Frau, da die Welt draußen nur sehen würde, was sie sehen sollte. Schande über mich, denn ich habe mit euren Eitelkeiten gespielt. Habe in eurer Bewunderung gebadet. Mir eure Sehnsucht nach einem freien Leben zunutze gemacht. Doch heute ist damit Schluss! Ich verkünde, dass mein Wundherz geheilt wurde und ich es im gleichen Moment verschenkt habe. Und daher möchte ich euch meine Braut vorstellen. Komm her, Jurema, komm her zu mir, mein Engel!«

Jurema fauchte. Ich sah die Funken aus ihren Augen sprühen. Die Zuschauenden wandten sich ihr zu. Sahen eine Bauerstochter in edlem Piratengewand und blondem Fellgesicht, aus dem eine Wolfsschnauze wuchs.

›Bbb-innn kkk-einnn Enggg-elll!‹, hörte ich sie wütend knurren.

Die Verwandlung hatte längst begonnen. Wir waren uns so vertraut geworden, dass ich das Damoklesschwert unserer Liebe vollkommen verdrängte. Würde Lupina mich fressen? Weil ich die einzige Regel unserer Liebe brach, sie niemals zu verletzen. Stürzte ich mit meinem übereilten Handeln die Gemeinschaft ins Unglück, statt sie zu befreien? Würde sie ein Blutbad anrichten?

Tränen flossen mir über die Wangen. Unbewusst stöhnte ich auf. Mutter Makellos ergriff gerührt meine Hand. Sie verstand, was ich gerade tat. Doch sie wusste nicht um die Gefahr, die uns allen drohte. Die ich ignorierte, als ich dem Ruf der Bühne nicht widerstehen konnte. Die Macht, die sie mir bot, diesen Moment in etwas Außergewöhnliches zu verwandeln. Die vollkommene Transformation. Die Rebellion. Ich hatte das Glück von vielen im Blick und dabei die eine aus den Augen verloren. Lupina richtete sich auf. Wolfsgeheul hallte durch das Gewölbe.«

Die letzten Worte verliessen mit einem Krächzen meinen Mund. Ich richtete mich auf. Forderte einen Becher kalten Wassers für meine ausgetrocknete Kehle. Seit Stunden war ich gezwungen, zu erzählen, da die Erwachsenen Ewigkeiten brauchen, bis sie verstehen, worum es wirklich geht. Der Fürst rutschte in seinem viel zu großen Thron zur Seite. Schließlich gab er nach und nickte einem Diener zu. Er verschwand durch die eisenbeschlagene Tür, die den Herrschaftssaal schützen sollte. Zusammen mit dem von Tag zu Tag kleiner werdenden persönlichen Wachbataillon des Stadtfürsten. Ich nutzte die Wartezeit, um die Mimik meiner Nemesis zu studieren. Doch das Wachsgesicht des Herrschers ließ nicht erkennen, was in ihm vorging. Er war noch immer der gleiche Pokerheld von einst. Über die Steinplatten schlurfend, betrat der Diener erneut den Saal. Er reichte mir einen Krug mit abgestandenem Wasser. Ich nahm gierig einen großen Schluck. Und noch einen, um ihn fluchend auszuspucken. Meine Stimme klang wieder frisch, als ich die Erzählung fortsetzte.

»Verwundert starrte das Publikum auf die Wolfsfrau, die auf einem der Fässer stand und knurrend in die Menge blickte. Ein junger Mann schrie, sie sei eine Heldin, wenn sie Cayala geheilt hätte. Sie müsse auf die Bühne, damit alle sie bewundern könnten, Bauernkind oder nicht! Ich lächelte. Die Saat war aufgegangen. Doch zu welchem Preis! Mit riesigen Sätzen sprang Lupina von Fass zu Fass. Stieß die darauf Sitzenden mit ihrer Pranke fort. Näher und näher kam sie der Bühne. Sie riss ihr Maul weit auf. Die Menschen flohen nicht. Sie waren mehr mit dem beschäftigt, was gerade auf der Bühne geschehen war. Ein Raunen ging durch die Menge. Viele hatten den eigentlichen Frevel begriffen. Einige tobten. Das Gespenst der Freiheit, welches im Raum tanzte, war stärker. Ließ sich nicht einmal vom Anblick einer zähnefletschenden Werwölfin verunsichern. Sie wussten, worum es ging. Mehr und mehr forderten die Wolfsfrau auf, zur Bühne zu springen. Doch diese erstarrte.

Die Gemeinschaft schrie: ›Jurema, wir lieben dich!‹

Verunsichert schaute Lupina in die Menge. Ihr Geheul verstummte. Sie blickte in freudestrahlende Gesichter, die ihr zujubelten. Kein einziges zeigte Spuren von Angst. Sie wollte knurren, doch kein Laut drang aus ihrem Maul. Als wäre sie heiser. Sie hob drohend die Pranke. Doch die Menschen missverstanden die Geste und winkten begeistert zurück.

Meine Augen waren gut genug, um zu erkennen, welcher Zweikampf in ihr stattfand. Lupina war Juremas Schutz. Aber es gab keine Bedrohung. Nur Liebe. Nur Bewunderung.

Schließlich gab sich Lupina geschlagen. Zog den buschigen Schwanz ein und überließ Jurema das Feld. Das dichte Fell lichtete sich. Die Schnauze bildete sich zurück. Die Ohren wurden wieder klein.

Als stolze Frau mit stoppeligem Dreitagebarthaar im gesamten Gesicht betrat Jurema die Bühne.

Wie sie neben mir stand! So anmutig! Zornig und doch voller Gnade! Wie eine junge Amazonenkönigin. Bereit, ihr Volk in die letzte Schlacht zu führen. Aber ihr Herz schlug so laut, dass ich es hören konnte. Wir strahlten uns an. Besitzergreifend legte sie mir ihre klauenbewehrte Pelzhand um die Hüften. Doch unser Glück war nicht das Glück von allen. Von der

Bühne aus waren einzelne entsetzte Gesichter deutlich zu erkennen. Die Masse johlte. Freute sich mit uns. Doch ein elitärer Kreis wusste um den Schrecken, den unser schamlos präsentiertes Glück bedeutete. Auch Mutter Makellos verstand, wem die Stunde geschlagen hatte. Sie erkannte, wie wichtig dieser Moment sein konnte. Und tat das einzig Richtige. Sie führte ihre Hände zum Mund. Stülpte sie in einer Form, um ihrer Vulkanstimme mehr Gewicht zu verleihen und das Johlen und Raunen der Menge zu übertönen.

Laut schrie sie: ›Ihr alle wisst, was gerade geschehen ist! Was noch geschehen wird. Was geschehen kann, wenn ihr es geschehen lasst. So gebe ich den Abend zum Tanze frei und bitte diese beiden Liebenden, als erstes freies Brautpaar unserer Gemeinde mit einem Tanz die Ballnacht zu eröffnen.‹

Nie hatten Mutter Makellos und ich derart perfekt zusammengearbeitet. Nie war unsere Improvisation gelungener und weitreichender. Nie war der Kampf gegen die Macht so erfolgsgekrönt.«

Bei diesen Worten zuckte der Fürst unmerklich zusammen. Fing sich aber sofort wieder. Seinen beiden Günstlingen entging die nur Sekunden aufblitzende Unsicherheit ihres Gebieters. Nicht aber mir. Endlich hatte ich die richtigen Worte gefunden. Es war fast vollbracht. Triumphierend stürmte ich auf die Zielgerade.

»Im Saal wurden die Fässer beiseite geräumt. Die Spielleute machten sich bereit. Die Bühne verschwand. Das Publikum selbst wurde zum Spektakel. Jurema, die sich vollständig in eine Frau zurückverwandelt hatte, schaute sich verwirrt um.

Sie legte mir ihren Arm über die Schultern und flüsterte in mein Ohr: ›Was bedeutet das, Cayala-Herz?‹

›Keine Sorge, Jurema! Wir werden tanzen und alles wird endlich gut!‹

Jurema ließ sich fallen. Dann entsann sie sich eines Besseren und führte. Wir verschmolzen im Tanz. Gleich rasenden Derwischen wirbelten wir über die Tanzfläche. Nur Minuten später waren wir umringt von tanzenden Paaren.

Doch die Harmonie dieses Momentes wurde jäh gestört, als die Comtesse mit ihrer Magd tanzend neben uns erschien. Mit der Selbstverständlichkeit einer

Hochwohlgeborenen nahm sie meine Hand aus der von Jurema und entführte mich ihr.

Juremas junges Gesicht wurde von Zweifeln und Ängsten durchfurcht. Bevor Lupina erneut Morgenluft witterte, hielten sie die Hände einer anderen. Die pausbäckige Magd, die zuvor mit der Comtesse getanzt hatte, führte sie sicher über das Parkett.

›Keine Sorge, Engelshaar! Wenn es stimmt, dass du ihr Wundherz geheilt hast, wird Cayala dir ewige Treue schwören. Keine kann sie dir mehr nehmen. Sie ist nicht wie wir. Die meisten von uns suchten Gemeinschaft, die uns dieser Ort ermöglichte. Cayala suchte eine andere Heilung. Keine von uns, auch die Gemeinschaft nicht, verstand es, ihr Wundherz zu heilen. Nur dir ist es gelungen, Honigmund. Sei zuversichtlich! Doch hüte dich vor der Comtesse! Cayala ist aus adligem Hause. Unsere Heilige Frau vom Walde ist keine Geringere als die Notre Dame de Sylvain. Für die Comtesse war immer klar, dass nur sie selbst es sein kann, die würdig ist, Cayalas Herz zu empfangen. Hüte dich vor ihrer Missgunst! Sie ist eine mächtige Person.‹

Jurema musterte ihre neue Tanzpartnerin ohne Scheu. Das Gesicht der Magd strahlte eine Zartheit aus, die in direktem Kontrast zu ihren schwieligen Händen stand, mit denen sie Jurema führte. Jurema erinnerte sich an die harte Arbeit, die die Mägde im Dorfe verrichten mussten. Sie klagten nie. Doch es fühlte sich wie eine gottlose Strafe an.

›Ich dachte du und die Comtesse …‹, begann sie erstaunt.

›Es ist nicht alles Gold, was glänzt. Ich bin ihre Gespielin. Aber auch ihre Dienerin. Ich stehe nicht auf der gleichen Stufe. Auch hier unten gelten die Regeln der Stände. Das Stigma der Geburt. Viele von uns tragen ein doppeltes Päckchen. Nur wenige haben es gewagt, die Regeln zu brechen. Das Stigma infrage zu stellen. Doch noch nie geschah dies so unmissverständlich und öffentlich, wie in jenem Moment, als Cayala dich als ihre Braut bezeichnete. Es war nicht einfach ein Beweis, wie sehr sie dich liebt. Es war der Beginn einer Revolution. Cayala wusste, was sie tat. Viele von uns haben auf diesen Augenblick gewartet. Es wird sich vieles ändern. Sei auf der Hut, Sternenauge! Die Comtesse hat mehr Gründe, deine Feindin zu sein, als du dir vorzustellen vermagst. So, jetzt aber genug gelitten.‹

Die junge Magd drehte sie geschickt herum und beide standen plötzlich vor mir und der Comtesse.

›Darf ich nehmen, was mir gehört?‹, fragte sie mich frech und nahm die Hand der Comtesse, deren Kinnlade vor Fassungslosigkeit nach unten kippte.

Die Revolution war nicht mehr zu stoppen.«

Der Herrscher schaute mich durchdringend an. Glaubte, mich durchschaut zu haben. Und wusste doch so wenig.

»Ich ahnte, dass ihr es seid, Sylvain. Und euch treibt immer noch der Kampf gegen die Macht. Statt sich mit ihr zu arrangieren. Selbstverständlich konnte nur eine Person wie ihr derart viele Regeln brechen und ungeschoren davonkommen. Bis jetzt. Ihr wart zu Großem bestimmt. Hättet an meiner statt herrschen können. Aber ihr habt euch der Macht verweigert. War es das wert? Schaut euch doch an! Wie jämmerlich ihr da unten vor mir liegt.«

Der Priester und der Alchemist schauten entsetzt und verwundert zu ihrem Herrscher. Was ging in ihm vor?

Nicht nur Hohn und Spott lagen in seiner Stimme. Auch Reue und jenes unaussprechliche Verlangen, jenes sündige und unterdrückte Gefühl, dem ich vermutlich verdankte, dass er mein Leben bisher verschont hatte.

»Doch bevor ich urteile, will ich, dass ihr mir die Geschichte zu Ende erzählt. Ich will es aus eurem Munde hören. Sagt, was hat meine Soldaten umgebracht in jener Nacht, in der ihr gefangen wurdet?«

Er erinnerte sich an mich. An unsere letzte Nacht. An die wilden Küsse des Abschieds. An das Herz, das ich brach. An jenem lange vergangenen Tage, an dem ich von ihm eine Entscheidung verlangte. Für mich. Oder für die Macht. Ihn aufforderte, dem Palast auf immer Lebewohl zu sagen. Mit mir durch die Welt zu ziehen. Oder mich auf ewig zu vergessen. Welches Glück ich hatte, dass er sich für die Macht entschied.

»Tage später, als Jurema und ich in Glückseligkeit vereint auf dem Baldachinbett lagen, splitterte die schwere Eichentür und fiel aus dem Rahmen. Eure Soldaten drangen in die Stube. Ihre Kettenhemden glänzten im Kerzenschein. Ihre Gesichter waren von Todesangst gezeichnet, obwohl sie schwere Waffen in Händen hielten. Die Comtesse hatte sie mit eindringlichen Worten gewarnt. Zitternd hoben sie ihre Hellebarden, Lanzen und Schwerter. Doch alles, was sie sahen, waren zwei unbewaffnete Menschen, die in einem Bette lagen. Zwei nackte Frauen, die sich im Moment der Gefahr verwandelten. Eine wurde zu einem Wolf. Eine wurde zu einem Mann. Beide griffen an.«

Manchen Erwachsenen muss eine alles wieder und wieder erklären, bis sie es verstehen. Da hilft selbst die kunstvollste Einschachtelung wenig.

❧

Der Alchemist und der Priester nutzten die Pause, um wieder auf den Fürsten einzureden. Sie feilschten um mich. Meinen unnatürlichen Körper. Meine sündige Seele. Der Fürst schien die Möglichkeiten sorgfältig abzuwägen. Er hatte sich mir offenbart. War es Rache, die ihn trieb? Schmerzte ihn die Zurückweisung, die ich seinem Liebeswerben erteilte, noch immer? Oder war er der Gefangene seiner Untergebenen? Gefangener eines Kampfes, den er im Innern focht und nach außen trug? Ich wusste es nicht zu sagen. Aber ich erkannte, dass meine Geschichte nicht fruchtete. Ich sah ein, dass nicht Vernunft, sondern nur mehr Angst und Schrecken mich retten konnte. So nutzte ich den nachdenklichen Moment des Herrschers für einen Strategiewechsel.

»Wenn ihr mich verbrennt oder aufschneidet, Eure Majestät, werden die grausamen Morde in der Stadt nicht aufhören. Im Gegenteil: Mehr und mehr der tapferen Männer eurer Leibwache werden sterben.«

Die Mine des Fürsten versteinerte. Ich hatte ins Blaue hinein gezielt und getroffen.

»Ihr wisst von den neuen Morden? Sie geschahen, nachdem wir euch ins Verlies werfen ließen. Wie könnt ihr davon wissen?«

Es war das erste Mal, dass der Herrscher die Fassung verlor, seit ich ihm vorgeführt wurde. Sein Pokergesicht verschwand. Blankes Entsetzen machte sich in ihm breit.

»Was ich mit Sicherheit zu sagen weiß, ist, dass sie weitergehen werden. Dass ihre Grausamkeit zunehmen wird. Es sei denn, ihr lasst mich frei.«

»Er lügt, Eure Majestät! Glaubt ihm nicht. Er ist ein Unzüchtiger und ein Gräuel dem Einen, unserem

Gott! Wenn er verbrannt wird, werden auch die Morde …«

Mit einer Handbewegung brachte der Fürst den Priester zum Schweigen. Der Alchemist war intelligenter. Er beobachtete den Fürsten genau und schwieg.

»Sprecht! Sagt mir, was ihr über die Morde an meinen Wachen wisst!«

»Ich habe bereits alles gesagt, was ihr wissen müsst. Ich habe euch die Geschichte von Anfang bis Ende erzählt. Ihr müsst sie nur richtig deuten. Es ist ein Wolfsmensch in der Stadt. Doch nicht irgendein Wolfsmensch. Diese Wolfsfrau, die eure Wachen tötet, ist nur deshalb eure Gegnerin, weil ihr mich gefangen habt. Sie ist der gefährlichste Wolfsmensch, den ihr euch vorzustellen vermögt. Sie ist eine Werwölfin, die den Wolf und den Menschen in sich kontrollieren kann. Ihr könnt sie nicht fangen. Sie ist zu gerissen. Sie kann sich jederzeit verwandeln. In einen Wolf. In einen Menschen. Bereits als junge Frau gewann sie über ihren Zustand die Kontrolle. Aber das Schlimmste – und ich muss betonen, für euch das Schlimmste –, ist: Sie mordet aus Liebe. Ihr, Eure

Majestät, könnt nicht wissen, was Liebe vermag, wenn sie nicht unterdrückt wird.«

Ich konnte mir den Seitenhieb nicht verkneifen. Er sollte wissen, dass nicht ich, sondern er der Gefangene war. Ich war frei. Seit jenem Tag, als ich ihn verließ und der Macht abschwor.

»Sie wird nicht stoppen, zu morden. Nicht aufhören, euch zu bedrängen. Bis ihr mich freigebt. Wenn ihr mich tötet, wird ihre Rache umso grausamer sein. Sie wird ihr gesamtes Sein füllen. Ihr Lebenszweck werden. Ihr werdet eine Feindin haben, die euch bis ins Grab verfolgt. Diese Wolfsfrau könnt ihr nicht besiegen.«

Die Lakaien des Herrschers schwiegen.

»Ich kenne euch und eure Herkunft gut, Sylvain. Ich weiß, dass ihr nicht lügt. Daher schlage ich euch einen Handel vor: Ihr lockt mir das Wolfsweib her und ich gebe euch frei.«

Er war ein ebenso erfahrener wie durchtriebener Herrscher. Er würde mit Jurema die beiden Geier an seiner Seite besänftigen und gleichzeitig seine Rache an mir vollenden. Vielleicht war es auch Eifersucht, weil sie hatte, was er nie haben würde. Ich lachte über seine Armseligkeit. Wie er verzweifelt versuchte, sich zu retten. Wo er doch wusste, dass er verloren hatte.

Ihm missfiel mein Schmunzeln, als ich ihm antwortete: »Ich glaube, ihr habt noch immer nicht verstanden, Eure Majestät. Ich würde eher auf dem Scheiterhaufen brennen oder mich bei lebendigem Leibe aufschneiden lassen, als Jurema zu verraten. Aber ich bin eure einzige Rettung. Nur durch mich könnt ihr der großen Gefahr, in der ihr schwebt, entkommen. Nur ich kann Jurema dazu bringen, die Stadt zu verlassen und euch in Ruhe zu lassen. Glaubt mir, ich tue das nur für euch, Eure Majestät!"

Bei den letzten Worten machte ich einen Kussmund. Die rechte Hand des Priesters kreiste so hastig Kreuzzeichen schlagend über seinen Oberkörper, dass es schien, als wolle er lästige Stechmücken vertreiben. Ich sah, wie Sorgenfurchen die Stirn des Alchemisten pflügten. Doch der Herrscher wusste, was auf dem Spiel steht. Seine Miene blieb versteinert. Er zeigte keinerlei Regung. Machte eine lange Pause, bevor er sprach.

»Also? Was fordert ihr?«

»Gebt mich frei. Ich verspreche euch, dass ich Jurema binnen drei Tagen finden werde und mit ihr die Stadt verlasse. Die Morde werden aufhören.«

»Nein, nein, nein! Das dürft ihr nicht geschehen lassen! Solche Sünden müssen bestraft werden, Eure Majestät!«, schrie der Priester aufgeregt.

Er konnte sich nicht mehr zurückhalten. Auch der Alchemist spürte, wie ihm der sicher geglaubte Fang durch die Lappen ging.

»Aber Herr, bedenkt, wir könnten die Seuche Sodomie besiegen. Ihr dürft es nicht gehen lassen, Eure Majestät!"

Ich beschloss, alles auf eine Karte zu setzen. Sein Geheimnis gab mir Macht. Macht, die ich immer ablehnte.

»Ihr habt keine Wahl. Das wisst ihr so gut wie ich. Ihr müsst mich gehen lassen. So wie damals. Und nebenbei, ihr solltet weniger die 'Seuche' Sodomie fürchten, als mehr die aufziehende Revolution, die euch an den Kragen will. Im Nachbarland haben sie eine Apparatur erfunden, die sie Guillotine nennen. Sie befreien sich damit von Köpfen, die auf sie herabschauen.«

Mein lautes Lachen erfüllte den Raum.

# 5. Böse Nacht, Kinder!

»So, jetzt ab unter die Decke mit euch, meine Herz-chen!"

»Aber Mama, die Geschichte ist doch noch gar nicht zu Ende. Erzähl weiter!«

Als ich mich aufrichten will, greift Toni den Zipfel meiner Bluse und zieht mich zurück. Sie hat die ein-dringlich blickenden Tiefseeaugen ihrer Mami. Luca, ihr kleiner Bruder, ist bereits eingeschlummert und wacht durch Tonis Ruckeln auf. Verschlafen schaut er erst mich und danach seine Schwester an.

»Wie ist die Geschichte ausgegangen?«, will Luca wissen.

»Sie wurde gar nicht zu Ende erzählt!«, schimpft Toni.

»Was?«, schreit jetzt auch Luca entsetzt.

»Also gut. Aber ich mache es ganz kurz. Jurema ret-tete Cayala aus der Gefangenschaft. Beide verließen die Stadt und zogen in eine andere Zeit. Dort lebten sie glücklich zusammen und zeugten zwei Kinder, die sich von den anderen Kindern unterschieden. Die widerspenstig wurden wie keine sonst und abends nicht ohne Böse-Nacht-Geschichte ins Bett gingen.«

»So geht die Geschichte nicht aus. Mami erzählt sie richtig. Und ohne dieses komische Einschachtelungszeugs. Los, erzähl sie sofort wie Mami!«, protestiert Toni.

»Schluss jetzt, ihr Schlingel! Ab marsch ins Bett! Morgen früh wartet in der Schule eine Klassenarbeit auf euch. Ich will nicht wieder Klagen von Frau Rudrik hören.«

»Mir gefällt das Ende!«, grinst der happyendsüchtige Luca, als ich den beiden einen 'Böse Nacht'-Kuss gebe.

Als ich die Tür zum Kinderzimmer schließe, höre ich das Geheul. Sie ruft mich. Noch auf dem Weg zu ihr knöpfe ich mir vorbeugend meine Guccibluse auf. Sie zerreißt sie mir sonst im Rausch. Juremas ungeduldiges Knurren hallt durch das Haus. Ich weiß, was das bedeutet. Draußen leuchtet der Wolfsmond.

## Nachwort und Danksagung

Zu Beginn des Jahrtausends las ich auf einer Webseite den Erfahrungsbericht einer Frau, die als 'Borderline' stigmatisiert wurde. Darin beschrieb sie die Dramatik ihrer Nähe-Distanz-Dynamik mit einer Wolfsmetapher. Die beeindruckende Klarheit dieses Berichtes inspirierte mich vor zwanzig Jahren dazu, eine Kurzgeschichte zu schreiben, die bis vor einem Jahr in einem verborgenen Ordner vor sich hin nulleinste. Aus der Kurzgeschichte von 2003 wurde zwei Jahrzehnte später eine Novelle. Da Novellen definitionsgemäß in der realen Welt spielen, die vorliegende aber im Gewande einer fantastischen Mittelaltererzählung daherkommt, gehört sie dem neuen Genre der Phantastik-Novelle an.

Traurigerweise hat die mit der Werwolfmetapher beschriebene Stigmatisierung in den vergangenen Jahren nicht nachgelassen. Aufgrund der zahlreichen Gleichstellungserfolge der vergangenen Jahrzehnte schien es noch vor Kurzem, als hätte die ebenfalls thematisierte Stigmatisierung queerer Menschen an Aktualität verloren. Angesichts des vielerorts wie ein bedrohlicher Sandsturm am Horizont auftauchenden

Backlashes, ist die Gefahr nicht gebannt. In Zeiten, in denen Vielfalt vermittelnde Kinderbücher dämonisiert werden, heißt es, wachsam zu bleiben.

Vor allen anderen gilt jener eingangs erwähnten mutigen Frau, deren Namen ich leider nicht mehr erinnere, aber deren schonungslose Offenheit eine Quelle der Inspiration (sicher nicht nur für mich) darstellte, mein tiefster Dank.

Des Weiteren gilt mein Dank meinen Testlesenden Caro, Julia, Marie und Thoralf.

Last but not least danke ich auch diesmal wieder dem Personal der Milchmarie. Mit außergewöhnlicher Freundlichkeit sowie einem täglichen Lächeln machten sie ihren Arbeitsraum, den ich dreist zu meinem Büro umfunktioniert habe, zu einer fantastischen Schreibstube und versüßten mir im Jahre 2023 die Überarbeitung dieser Geschichte.

**Flerken Chatoyance**

… wird seit jungen Jahren von drei großen Leidenschaften angetrieben: Schreiben, Reisen und Kämpfen für eine gerechtere Welt. Schon früh verfasste sie Kurzgeschichten, gefolgt von journalistischen Artikeln und Reiseberichten, später wissenschaftliche Beiträge und Bücher, und heute belletristische Romane. Ihre Reisen führten sie in mehr als 80 Länder dieses zauberhaft vielfältigen Planeten. Obwohl sie sich in tropischen Regenwäldern ebenso heimisch wie in den virtuellen Welten von Survival Games fühlt, hat sie ihre Heimstatt in einem gallischen Dorf neben einer Wildblumenwiese an einem gezähmten Fluss gefunden.

# Leseprobe: Trio Infernale - Mesozoikum Blues

*von Flerken Chatoyance*
veröffentlicht bei Tredition 2023

## Kapitel 3: Felina Fleabuttocks

Felina Fleabuttocks schoss auf das *Sarcosuchus imperator* zu. Kam ihm so nahe, dass sie in den von der ultramarinblauen Echsenhaut abperlenden Wassertropfen die Streuung der Spektralfarben im Detail bewundern konnte. Beeindruckt genoss sie den Anblick des glitzernden Nano-Regenbogens. Was sie hier erlebte, war fantastischer als jedes Altered Reality Survival Game! Sie rümpfte ihre feinsinnige Nase, die von einem nach gammeligem Fisch riechenden Gestank malträtiert wurde.

Eine kindliche Stimme trällerte mit koreanischem Akzent die Erklärung: ›In der Kreidezeitepoche des Mesozoikums entstanden zwar die ersten Vögel, wie der Urvogel *Archäopteryx*. Aber es gab noch nicht jene Vögel, mit denen das *Sarcosuchus imperator* eine als Putzsymbiose bezeichnete Partnerschaft hätte eingehen können, um sich von Parasiten und Mahlzeitresten zwischen den Zähnen befreien zu lassen. So eine, wie sie beispielsweise für die im 21. Jahrhundert ausgestorbenen *Crocodylus suchus* und Vertreter der Gattung *Pluvianus aegyptius*, auch bekannt als Krokodilwächter, beschrieben wird. Daher der strenge Geruch, der uns in die Nase dringt!‹

Felina Fleabuttocks hatte das Akustikprogramm der Agya gehackt und die übermäßig distinguiert klingende Stimme der Werksversion mit dem belehrenden Unterton durch eine neue ersetzt. Sie wählte die mädchenhafte Bubble-Stimme der virtuellen Sängerin ihrer Lieblingsband: der skandalträchtigen ’Augmenting Lesbian Apokalypse’. Anfangs wurde Agya nicht müde, ihr vorzubeten, wie viele internationale Copyright-Abkommen und interne Vertragsklauseln sie damit verletzt hatten. Es betraf 54 Abkommen sowie 86 Klauseln, plus 14 Vertragsbrüche beim Unterzeichnen der Zeitreisevereinbarung. Sie wusste es inzwischen auswendig. Diese ständige Litanei ging ihr immens auf die Nerven. Also hackte sie sich in Agyas Subroutinen, um jene Dateien zu löschen, die für die permanente Aufzählung der begangenen

Straftaten zuständig waren. Sowie jene, die die Eingriffe in die Subroutinen beklagten und jene, die …

Mittlerweile verbrachte sie so viel Zeit mit dem Code, dass sie ihn besser kannte als den ihrer Brutmutter. Doch die ließ sich nicht so einfach umprogrammieren. Es war ihr nie gelungen, zu ihrem Quellcode vorzudringen. Wie oft hatte sie versucht, sie milder zu machen? Ihr einen Hauch von Fürsorglichkeit einzupflanzen. Vergebens!

Eine bequeme Schwebehaltung einnehmend, folgte Felina Fleabuttocks dem elf Meter und 83 Zentimeter großen Urzeitkrokodil auf seinem Weg durch den Fluss. Sie scannte und analysierte jeden Nanometer des vorweltlichen Räubers. Sein ein Meter und 23 Zentimeter messendes Maul mit der blasenförmigen Nasenspitzen-Bulla vermochte sie trotz der darin liegenden hoch entwickelten Wahrnehmungsorgane nicht zu erkennen. Das mit ihrer Agya vernetzte Zeitreiseprogramm schuf eine Wahrnehmungsanomalie. Sie war nicht einfach unsichtbar, unhörbar oder unriechbar. Nein, sie war unwahrnehmbar. Selbst die Veränderung der Luftströmung durch ihren Schwebezustand, dreiundzwanzigeinhalb Zentimeter über dem Reptil, wurde durch das Programm kompensiert. Und Agyas Stimmchen trällerte direkt in ihren Geist. Ihr konnte nichts geschehen.

In kindliche Entdeckungslust versunken, überhörte sie die mahnenden Worte Agyas.

Gleich einem überstrengen Brutmutterersatz erklärte diese: ›Es ist unumgänglich, die anderen zu suchen, da wir nach nur 18 Minuten und 35 Sekunden bereits vier grundlegende Vertragsbrüche begangen haben. Wir müssen daher unverzüglich ins 22. Jahrhundert zurückkehren. Die Liste der zu erwartenden Bestrafungen erhöht sich um den Faktor drei.‹

Felina Fleabuttocks rollte mit den Augen und ignorierte Agya. Wie so oft. Bei dem Gedanken an die Bestrafungen schüttelte sie sich unwillkürlich. Es war nicht ihre Schuld, protestierte sie trotzig in Gedanken. Sie war in eine Felsspalte gefallen und hatte für zwei Minuten und 33 Sekunden das Bewusstsein verloren und damit auch den Anschluss an die Reisegruppe. Gut, sie hätte in dem 54-seitigen Fragebogen der Zeitreisequalifikation ihre Tollpatschigkeit als krankheitsähnliche Untauglichkeit auflisten müssen. Aber welche macht das schon!

Es würde ihr nichts geschehen. Das Zeitreiseprogramm verfügte schließlich auch über ein raum- und zeitübergreifendes Ortungssystem. Sie konnte nicht verloren gehen. Sie würden sie finden. Sie würden sie bestrafen. Es würde wie immer sein. Aber bis dahin wollte sie ihren Spaß haben und möglichst viel von dieser spannenden Zeit erleben.

Felina Fleabuttocks' Pupillen verengten sich zu Schlitzen. Ewa hundert Meter nördlich erschien am linken Flussufer ein monumentaler, purpurviolett leuchtender Kugelblitz. Etwa hundert Meter? Agya schaltete in den Panikmodus.

»Fe-Fe-Felina! Felina Fleabuttocks! Ich-ich-ich habe ein Pro-Problem!«, hallte es laut über dem mesozoischen Krokodil, welches seinen Kopf reckte, aber nichts erkennen konnte.

›Eine unbekannte Energieform beeinträchtigt unsere Funktionen ähnlich einem elektromagnetischen Impulsfeld. Eine Neuinstallation des partiell geschädigten Programmcodes ist unumgänglich!‹, entschuldigte Agya, die jetzt wieder direkt mit ihrem Geist kommunizierte, ihr Fehlverhalten.

Felina Fleabuttocks ignorierte den Panikmodus ihrer transhumanen Extensionseinheit. Verdrängte die beunruhigende Tatsache, dass Agya sie mit ihrem Namen ansprach und kurzzeitig das Wir-Konzept ihrer gemeinsamen Identitätskonstruktion negierte. Doch sie hielt instinktiv einen größeren Abstand zu dem Krokodilsaurier. Dieser machte sich neugierig auf den Weg zum Strand, wo ihn eine Vielfalt von *Equisetopsida*-Gewächsen erwartete.

Der plötzlich erscheinende Lichtblitz ließ nicht nur Agya die Fassung verlieren, sondern schuf auch eine Luftspiegelung am Ufer.

Im Zentrum der Fata Morgana bewegte sich etwas. Lichtreflexe funkelten darin. Die oberflächlich durchgeführte Analyse wies auf einen ungewöhnlichen Quantenstrom hin. Felina Fleabuttocks zoomte mit ihren technologisch perfektionierten Katzenaugen direkt auf das Gebilde. Im Innern erkannte sie eine weibliche Person in einer bronzefarbenen Rüstung, die sich nach vorne beugte und … Sie übergab sich?

Ein freches Grinsen schmückte Felina Fleabuttocks' Gesicht und entblößte ihre Fangzähne. Jetzt wird es spannend, jubelte sie innerlich. In der Aufregung vergaß sie, die Quantenanomalie genauer zu untersuchen.

Die ein Meter und 53 Zentimeter messende Kriegerin stimmte mit glockenheller Stimme einen Gesang an. Felina Fleabuttocks hatte nie in ihrem Leben eine so klare Stimme vernommen. Auch keine virtuelle. Sie musste diese Stimme besitzen. Wenn sie genügend Samples davon aufnahm, konnte sie diese modulieren und in das Akustikprogramm ihrer Agya integrieren.

›Die vor uns erscheinende Gestalt gehört zur Spezies des Homo sapiens sapiens. Sie trägt die weibliche Standardrüstung jener Nomadenvölker, die im ersten Jahrtausend vor Beginn der christlichen Zeitrechnung vom Schwarzen Meer aus in Raubzügen gen Westen wanderten und viele Kulturen unterwarfen. Ihr Gesang entstammt einer indogermanischen Sprachfamilie der Antike und bildet einen skytho-sarmatischen Dialekt. Das Vorhandensein dieser Lebensform in diesem Erdzeitalter stellt eine nicht-autorisierte chronologische Anomalie dar, die umgehend berichtet werden muss‹, reklamierte Agya noch immer im Panikmodus.

Ihre Stimme quietschte wie die eines quengelnden Kindes. Felina Fleabuttocks würde sie definitiv durch die Glockenstimme der Nomadin ersetzen. Sie strahlte. In ihrem Geist tanzte es. Was für eine Stimme! Als hätte sie ihr Leben lang darauf gewartet. Ein sanftes Schnurren drang aus ihrem Oberkörper.

Verspielt wies sie Agya an, die notwendigen Akustiksamples für eine Stimmmodulation zu sammeln. Statt wie erwartet, auf die ungeklärte Copyrightsituation hinzuweisen, antwortete die von der Stimme unbeeinflusste Agya schnippisch: ›Das muss warten. Erst muss diese Anomalie gemeldet werden. Sie stellt einen Klasse-Alpha-Ultra-147-Ausnahmevorgang dar, der sofortiges Handeln erfordert.‹

Das *Sarcosuchus imperator* war offenbar genauso angetan von dem Gesang wie Felina Fleabuttocks. Denn statt die Nomadenkriegerin anzugreifen, schwang es seine ausgedehnte Schnauze im Takt der Melodie. Die in ihre Agya integrierte Datenbank konnte nur die gebräuchlichsten Vokabeln des seltenen Dialektes übersetzen. Sie musste sich den Rest aus dem Kontext erschließen. Das Spezialgebiet der kriegerischen Bardin war offenbar der Landschaftsgesang. Vielleicht eine bisher nicht bekannte antike Kunstform ähnlich der Landschaftsmalerei? Dabei kam das Wort Blut gehäuft vor, was auf ein Übersetzungsproblem hinwies.

Während Felina Fleabuttocks nach geeigneten Ersatzübersetzungen für den roten Lebenssaft suchte, tauchte eine weitere nicht-autorisierte chronologische Anomalie am Schachtelhalmstrand auf. Aus dem aus *Tempskya pulchra*-, *Cycadeoidea cylindrica*- sowie zahlreichen *Weichselia reticulata*-Spezies bestehenden Farnwald sprang eine zwei Meter und 13 Zentimeter messende, genetisch nicht eindeutig zuordenbare Spezies. Sie trug ein goldenes Gewand, welches die Datenbank als 'bis zur Unkenntlichkeit zerstörte Priesterinnenkleidung einer nicht-dokumentierten Kultur' klassifizierte.

Agya wechselte vom Panikmodus in den Apokalypsemodus der Stufe Gelb.

›Wir können diese multiplen Anomalien nicht berichten. Der Kontakt zur Datenbank des Zeitreisekonsortiums wurde unterbrochen. Die Wiederherstellung der beschädigten Dateien wurde durch die vielen nicht-autorisierten Eingriffe in das Kernprogramm, verhindert. Wir sind nicht mehr mit dem Netzwerk des Zeitreisekonsortiums verbunden. Wir können nicht mehr lokalisiert werden!‹, kreischte Agya in ihrem Geist.

Ein Endorphin-Tsunami überschwemmte Felina Fleabuttocks und fegte alle Sorgen davon: Endlich frei! Nicht mehr lokalisierbar! Nicht mehr gefangen! Nie wieder bestraft werden! Das Leben konnte beginnen! Sie schwebte abrupt in die Höhe. Der Freiheit süßer Kuss erwischte sie mit solcher Wucht, dass sie freudig maunzte.

🐾

Auch das *Sarcosuchus imperator* bemerkte die chronologische Anomalie genetisch uneindeutigen Ursprungs, die verstörend klingende Laute hervor gurgelte.

›Diese Sprache korrespondiert mit keiner der in der Datenbank befindlichen Sprachen. Sie weist auch keinerlei Affinität zu den auf diesem Planeten in allen Zeiten gesprochenen Sprachen auf. Sie ist nicht terrestrisch!‹, herzkasperte Agya, die kurz vor dem Wechsel in den Apokalypsemodus Rot stand.

Das wird immer besser, juchzte Felina Fleabuttocks, der die Korrelation zwischen der Steigerung ihres

Wohlbefindens und dem Zuwachs an Verzweiflung aufseiten Agyas nicht entging.

Das Kreidezeitkrokodil erschrak. Es wirbelte herum. Dabei schlug es die Bardin um. Mit geöffnetem Maul trampelte es auf die in goldene Seide gehüllte Anomalie zu, die wie ein Leuchtfeuer aus dem Schachtelhalmmeer ragte. Mitten im Lauf geriet es in ein Realitätsparadoxon. Während das von der Umgebung gebrochene Sonnenlicht den Eindruck erweckte, das *Sarcosuchus imperator* wäre in erstarrtem Eis gefangen, lieferte die Scan-Analyse ein ebenso fantastisches wie beunruhigendes Ergebnis. Mehrere Ebenen der Realität schienen sich auf der Quantenebene zu vermengen. Auch das Scanprogramm schien durch den Lichtblitz in Mitleidenschaft gezogen worden zu sein. Statt des *Sarcosuchus imperator* zeigte es einen panisch trötenden *Loxodonta africana* an, der in Todesangst auf die unbekannte Priesterin zu rannte. Er verfehlte sie, da sie auf nicht wahrnehmbare Weise einen Meter seitwärts rückte.

›Es muss außerordentlich verwirren, plötzlich ein prähistorisches Krokodil gefangen im Körper eines afrikanischen Buschelefanten zu sein …‹, schmunzelte Felina Fleabuttocks mitfühlend, ›… aber welche Möglichkeiten das eröffnet! Wow!‹

Ihre Katzenaugen weiteten sich.

Die am Boden liegende chronologische Anomalie erhob sich wie eine Naturgewalt. Mit schwieligen Händen ergriff sie eine im Jahre 563 vor der Zeitrechnung aus Eisen gefertigte Doppelaxt, die der Geschichtsschreiber Herodot der Kultur der Amazonen zuordnete. Die Axt wie eine Sense durch die Luft kreisen lassend, rannte sie auf die genetisch unbestimmbare chronologische Anomalie zu. Dabei stieß sie einen Fluch aus, der auf einen Absud aus gammelnden Fischinnereien, vergorener Eselsmilchsuppe und dem eitrigen Ausfluss weiblicher Genitalien verwies.

Felina Fleabuttocks verzog das Gesicht, als hätte sie einen Schluck Zitrussubstitut getrunken. Warum musste sie sich auch immer alles gleich bildlich vorstellen!

Die Amazone beleidigte in rudimentärem Altgriechisch das offenbar aus Atlantis stammende, genetisch uneindeutige Wesen. Sie erklärte, dass ihr Gesang einen ägyptischen Krokodilgott besänftigte. Felina Fleabuttocks unsichtbares Fellgesicht wandelte sich in ein einziges Grinsen.

Die Amazonenkriegerin sprang in die Höhe und schwang dabei ihre Doppelaxt mit der Absicht, das Atlantiswesen zu enthaupten. Felina Fleabuttocks wollte eingreifen, Anomalie hin oder her, doch bevor sie ihr Ziel erreichte, hatte das vermeintliche Opfer die kleine Berserkerin bereits mittels einer erneuten akustischen Intervention der Bewegungsfähigkeit beraubt. Sie trotzte der Schwerkraft. Samt geschwungener Axt baumelte sie in der Luft wie in einem antiken Schlachtenmosaik. Wieder spielte der Scanner verrückt. Er zeigte die Überlagerung verschiedener Realitätsdimensionen auf der Quantenebene an.

›Oh weh‹, jammerte Agya, ›die nicht-bestimmbare, nicht-autorisierte chronologische Anomalie schuf mithilfe von dissonanten Klangfolgen einer nicht-terrestrischen Sprache ein Naturgesetzparadoxon. Ein solcher Regelverstoß ist nicht in der Datenbank registriert. Es handelt sich um einen erstmaligen Regelverstoß, der unverzüglich gemeldet, registriert und debattiert werden muss. Es muss eine völlig neue Kategorie von Regelverstößen geschaffen werden, die eine grundlegende Transformation der Parameter der Regelverstoßdatenbank erfordert.‹

Während Agya sich in immer tiefere Programmschleifen jammerte, bis sie schließlich den Apokalypsemodus Rot erreichte, erschien in der Schneise, die der verstörte Krokodilelefant geschlagen hatte, eine chronologische Kongruenz.

Mit einem kunstvollen Sprung warf der drei Meter und 35 Zentimeter Umfang messende *Deinonychus antirrhopus* die nicht-irdische Priesterin zu Boden. Ein geckenhaftes Geschrei drang aus seinem weit geöffneten Maul, als er ihr seine rechte, zwölfeinhalb Zentimeter lange Sichelkralle in die Schultergürtelmuskulatur bohrte.

Sie schrie herzzerreißend auf. Felina Fleabuttocks hatte nie einen gequälteren Schrei vernommen. Verwundert stellte sie fest, wie der Schmerzensruf das Naturgesetzparadoxon auflöste. Die Amazone plumpste gleich Fallobst zu Boden.

Instinktiv griff diese nach der Doppelaxt, die aber bereits in Felina Fleabuttocks Händen lag und von ihr mit der Eleganz einer Slapstick-Performerin gegen den Raubsaurier geschleudert wurde. Statt einer der beiden Klingen traf nur der aus dem Stamm einer

234 Jahre alten Esche gefertigte Schaft den Schädel des gefiederten Theropoden. Von dem ungeschickten Manöver überrascht, blinzelte der *Deinonychus antirrhopus* wie ein flackerndes Notsignal, bevor er bewusstlos zu Boden fiel.

›Gut, dass wir so tollpatschig sind‹, meldete sich Agya aus ihren tiefsten Programmschleifen zurück, ›denn das Töten einer Lebensform während einer Zeitreiseexpedition kann mannigfaltige temporale Paradoxa auslösen. Es führt zum sofortigen Ausschluss von allen organisierten Zeitreisen auf Lebenszeit.‹

Zeitfracht Medien GmbH
Ferdinand-Jühlke-Straße 7
99095 Erfurt, Deutschland
produktsicherheit@kolibri360.de